詩人別でわかる

漢詩の読み方・楽しみ方

時代や作風で深める読解のコツ35

国士舘大学文学部教授
鷲野 正明 監修

はじめに

前著『漢詩の読み方・楽しみ方　読解のルールと味わうコツ45』がたいへん好評で、続編を望む声が多く寄せられました。そこで本著『詩人別でわかる』を出版することになりました。漢詩漢文を学ぶ機会が少なくなり、漢詩漢文不要論も一部に声高に叫ばれていますが、一方で、ひそかに漢詩漢文を愛好する人がいて、詩を身近に感じ味わっている人が多くいることを知り、嬉しくなりました。

唐代では詩人は約三千人、作品は約五万首、宋代では詩人は約一万人、作品は約三〇万首残っています。時代が降ればさらに詩人の数も作品の数も増えます。日本でも近江朝から詩が作られ、今日に至るまで多くの作品が残っています。古今東西の漢詩人・漢詩作品はどれほどあることでしょうか。名作と言われる詩を読まずにいるのはもったいないと思います。

何やら閉塞感の漂う昨今、人が生きた証の詩や古典を読めば、新たな発見があり、活力も湧くはずです。詩を読んだり、古典に親しんだりと、心に余裕を持ち続け、潤いのある人生を送りたいものです。

讀詩後題

韻律相諧秘思清

風搖水月有餘情

今宵定夢青山里

馥郁桃花照眼明

詩《し》を読《よ》みて後題《のちだい》す

韻律相諧《いんりつあいかな》いて秘思清《ひしきよ》し

風《かぜ》は水月《すいげつ》を揺《ゆ》るがして余情有《よじょうあ》り

今宵定《こんしょうさだ》めて夢《ゆめ》みん　青山《せいざん》の里《さと》

馥郁《ふくいく》たる桃花《とうか》　眼《め》を照《て》らして明《あき》らかなるを

令和三年　八月三十日

監修者識

目次

本書の使いかた

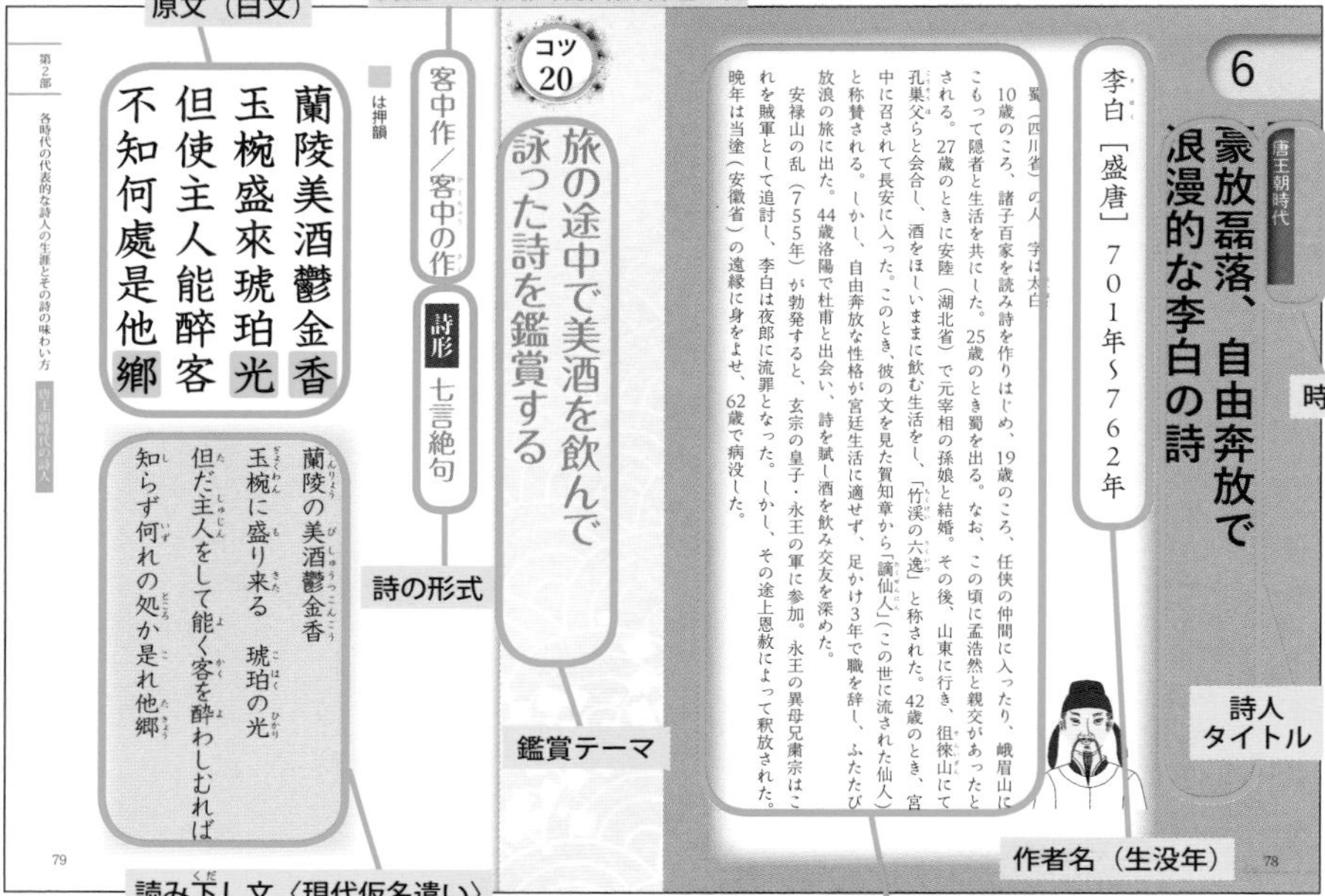
原文（白文）
詩題／（訓読）〈現代仮名遣い〉
詩の形式
鑑賞テーマ
時代
詩人タイトル
作者名（生没年）
作者の略歴
読み下《くだ》し文〈現代仮名遣い〉

唐王朝時代

6 豪放磊落、自由奔放で浪漫的な李白の詩

李白【盛唐】701年～762年

蜀（四川省）の人。字は太白。

10歳のころ、諸子百家を読み詩を作りはじめ、19歳のころ、任侠の仲間に入ったり、峨眉山にこもって隠者と生活を共にした。25歳のとき蜀を出る。なお、この頃に孟浩然と親交があったとされる。27歳のときに安陸（湖北省）で元宰相の孫娘と結婚。その後、山東に行き、徂徠山にて孔巣父らと会合し、酒をほしいままに飲む生活をし、「竹渓の六逸」と称された。42歳のとき、宮中に召されて長安に入った。このとき、彼の文を見た賀知章から「謫仙人」（この世に流された仙人）と称賛される。しかし、自由奔放な性格が宮廷生活に適せず、足かけ3年で職を辞し、ふたたび放浪の旅に出た。44歳洛陽で杜甫と出会い、詩を賦し酒を飲み交友を深めた。

安禄山の乱（755年）が勃発すると、玄宗の皇子・永王の軍に参加。永王の異母兄粛宗はこれを賊軍として追討し、李白は夜郎に流罪となった。しかし、その途上恩赦によって釈放された。晩年は当塗（安徽省）の遠縁に身をよせ、62歳で病没した。

コツ20 旅の途中で美酒を飲んで詠った詩を鑑賞する

客中作／客中の作

詩形 七言絶句

蘭陵美酒鬱金香
玉椀盛來琥珀光
但使主人能醉客
不知何處是他鄉

■は押韻

蘭陵《らんりょう》の美酒《びしゅ》鬱金香《うっこんこう》
玉椀《ぎょくわん》に盛《も》り来《きた》る　琥珀《こはく》の光《ひかり》
但《た》だ主人《しゅじん》をして能《よ》く客《かく》を酔《よ》わしむれば
知《し》らず何《いず》れの処《ところ》か是《こ》れ他郷《たきょう》

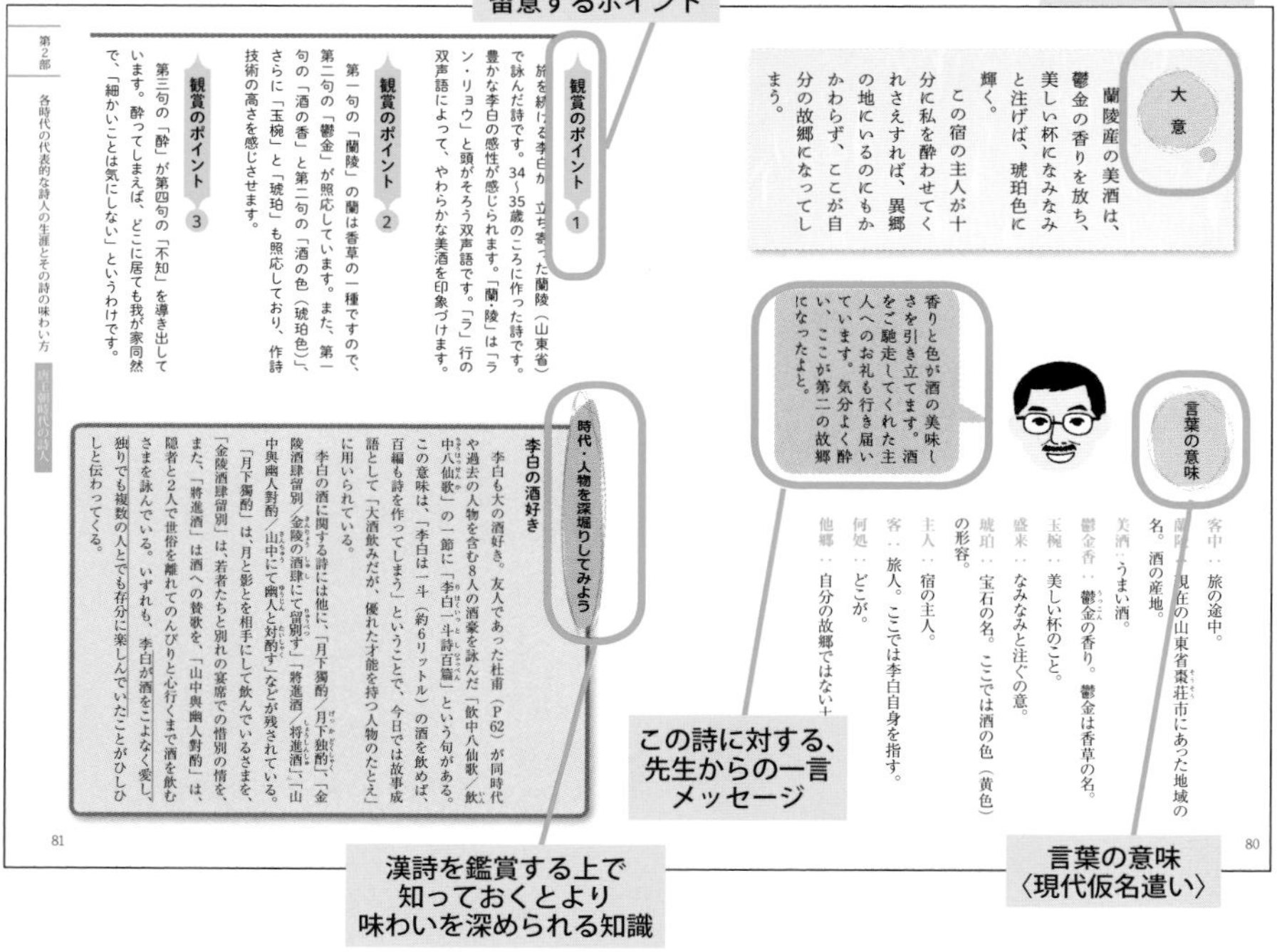
鑑賞する際に
留意するポイント
詩の大体の意味
この詩に対する、
先生からの一言
メッセージ
言葉の意味
〈現代仮名遣い〉
漢詩を鑑賞する上で
知っておくとより
味わいを深められる知識

大意

蘭陵産の美酒は、鬱金の香りを放ち、美しい杯になみなみと注げば、琥珀色に輝く。

この宿の主人が十分に私を酔わせてくれさえすれば、異郷の地にいるのにもかかわらず、ここが自分の故郷になってしまう。

香りと色が酒の美味しさを引き立てます。酒をご馳走してくれた主人へのお礼も行き届いています。気分よく酔い、ここが第二の故郷になったよ。

言葉の意味

客中：旅の途中。
蘭陵：現在の山東省棗荘市にあった地域の名。酒の産地。
美酒：うまい酒。
鬱金香：鬱金の香り。鬱金は香草の名。
玉椀：美しい杯のこと。
盛来：なみなみと注ぐの意。
琥珀：宝石の名。ここでは酒の色（黄色）の形容。
主人：宿の主人。
客：旅人。ここでは李白自身を指す。
何処：どこが。
他郷：自分の故郷ではない土

鑑賞のポイント 1

旅を続ける李白が、立ち寄った蘭陵（山東省）で詠んだ詩です。34～35歳のころに作った詩です。豊かな李白の感性が感じられます。「蘭」「陵」は「ラン・リョウ」と頭がそろう双声語です。「ラ」行の双声語によって、やわらかな美酒を印象づけます。

鑑賞のポイント 2

第一句の「蘭陵」の蘭は香草の一種ですので、第二句の「鬱金」が照応しています。また、第一句の「酒の香」と第二句の「酒の色（琥珀色）」、さらに「玉椀」と「琥珀」も照応しており、作詩技術の高さを感じさせます。

鑑賞のポイント 3

第三句の「酔」が第四句の「不知」を導き出しています。酔ってしまえば、どこに居ても我が家同然で、「細かいことは気にしない」というわけです。

時代・人物を深堀りしてみよう

李白の酒好き

李白も大の酒好き。友人であった杜甫（P62）が同時代や過去の人物を含む8人の酒豪を詠んだ「飲中八仙歌」（飲中八仙歌）の一節に「李白一斗詩百篇」という句がある。この意味は、「李白は一斗（約6リットル）の酒を飲めば、百編も詩を作ってしまう」ということで、今日では故事成語として「大酒飲みだが、優れた才能を持つ人物のたとえ」に用いられている。

李白の酒に関する詩は他に、「月下獨酌／月下独酌」、「金陵酒肆留別／金陵の酒肆にて留別す」「將進酒／将進酒」、「山中與幽人對酌／山中にて幽人と対酌す」などが残されている。

「月下獨酌」は、月と影とを相手にして飲んでいるさまを、「金陵酒肆留別」は、若者たちと別れの宴席での惜別の情を、また、「將進酒」は酒への賛歌を、「山中與幽人對酌」は、隠者と2人で世俗を離れてのんびりと心行くまで酒を飲むさまを詠んでいる。いずれも、李白が酒をこよなく愛し、独りでも複数の人とでも存分に楽しんでいたことがひしひしと伝わってくる。

第1部　漢詩とは

漢詩とは何か

この章では、漢詩の歴史と基本的なルールをわかりやすい例詩とともに解説し、漢詩とは何かを紹介します。

コツ1

詩は情を詠《うた》うもの。感動が無いところに詩は生まれない

例詩

贈汪倫（汪倫《おうりん》に贈る）

盛唐　李白《りはく》

李白乘舟將欲行
忽聞岸上踏歌聲
桃花潭水深千尺
不及汪倫送我情

李白　舟《ふね》に乗《の》りて将《まさ》に行《ゆ》かんと欲《ほっ》す
忽《たちま》ち聞《き》く　岸上踏歌《がんじょうとうか》の声《こえ》
桃花潭水深《とうかたんすいふか》さ千尺《せんせき》なるも
及《およ》ばず　汪倫《おうりん》の我《われ》を送《おく》るの情《じょう》に

解説

作者の李白が桃花潭という深い淵から舟に乗って出発しようとしています。すると突然、岸の上で、踊りながら歌をうたい、李白を見送ってくれる人がいました。それはなんと、それまで世話になった汪倫でした。まさかわざわざ見送ってくれるとは、思ってもみませんでした。びっくりするやら嬉しいやら。そこで見送ってくれたお礼にこの詩を作り、贈ったのです。「桃花潭の水の深さは千尺もある深い深い淵だが、汪倫が私を見送ってくれる情《なさけ》の深さには及ばない」と。

大意

吾輩李白が舟に乗っていままさに出発しようとしていると、たちまち岸の上から足を踏みならし歌をうたう声が聞こえてきた。

桃花潭の水の深さは千尺もあるが、汪倫が私を見送ってくれる情の深さには及ばない。

チェック❶

詩には、句数と字数が決まっている定形の詩と、そうではない詩があります。定型詩は、絶句や律詩という詩があり、これを近体詩と言います。近体詩は、「平仄《ひょうそく》を合わせる」ことと「韻《いん》を踏《ふ》む（押韻《おういん》）」という規則があります。近体詩以外の詩は古体詩と言い、これは韻を踏みますが、平仄を合わせる必要はありません。

平仄が合うように配列

絶句や律詩の近体詩は、平字《ひょうじ》と仄字《そくじ》が規則的に配列されています。

韻を踏む（押韻）

同じ韻の字を詩句の特定の場所に置くことを言います。また、韻を踏むことを「押韻」とも言います。古体詩は平仄のしばりはありませんが、韻は踏んでいます。（P22参照）

チェック❷

作者の思いは詩の規則に基づいて詠われる。

李白乘舟將欲行
忽聞岸上踏歌聲
桃花潭水深千尺
不及汪倫送我情

詩は、一首、二首と「首」で数えます。長編の場合は一篇、二篇と「篇」で数えることもあります。詩は、行ごとに示すと分かりやすいので、行ごとに改行します。その行のことを「句」と言います。

一句が五字でできているものを五言の句、七字でできているものを七言の句と言います。

四句で構成される詩で、平仄と押韻の規則に合っているものを「絶句」と言います。八句で平仄と押韻の規則に合っていれば「律詩」です。右の詩は、一句七言で、四句で構成されています。後述しますが、この詩は平仄と押韻の規則に合っていますので、七言絶句です。（P15参照）

コツ2

漢詩の歴史を知りましょう

◇詩経、楚辞の誕生

「漢詩」は狭義では漢代（前206年～後220年）に作られた詩を指しますが、日本では、「和歌」に対して中国の詩のすべてを「漢詩」と言っています。

漢詩の発祥は正確には分かりませんが、紀元前10世紀から前7世紀にかけて、周の初めから春秋時代までの、黄河流域の諸国や王宮で歌われた詩歌305篇を収めた詩集「詩経《しきょう》」が中国最古の詩集です。この詩集に収める詩は四言詩を基本とし、韻は踏みますが、句数、平仄《ひょうそく》などの形式は定まっていませんでした。その後200年以上の時を経て、戦国時代に楚《そ》という国で、屈原《くつげん》という天才的な詩人が誕生しました。そして、屈原の詩を中心にした詩集『楚辞《そじ》』が編纂されました。漢の時代に入り、その系統を汲む「賦《ふ》」（楽曲を伴わず朗読する）が宮廷で流行しましたが、これは詩とは別系統の文体とされます。楚辞は後に詩の形式に大きな影響を与えました。

◇楽府の誕生

前漢時代、武帝（第7代目）により、宮中に歌謡曲や民謡を収集・研究する「楽府《がくふ》」という役所が設置されました。収集されたものは、本来は楽曲を伴うものでした。その楽府に集められた歌謡、あるいはそれ以後の歌謡が「楽府《がふ》」と呼ばれるようになり、楽曲が失われても「楽府題《がふだい》」のもとに替え歌が作られました。

その当初、楽府は句の長短が不揃いのものが多く、これを雑言詩《ざつごんし》と呼びます。その一方で、一句が五音にそろえられた五言詩が生まれ、後漢時代になると文人が五言詩を作るようになり、これが漢詩の中心となっていきます。

◇個性的な五言詩が定着

魏《ぎ》、呉《ご》、蜀《しょく》の三国によって覇権が争われた三国時代には、魏の武帝・曹操《そうそう》、文帝・曹丕《そうひ》、弟の曹植《そうしょく》親子の三曹が中心となって五言詩を確立しました。

六朝時代《りくちょうじだい》に入ると、田園詩人と呼ばれる陶潜《とうせん》（別名・陶淵《とうえん》明《めい》）、山水詩人の祖と呼ばれる謝霊運《しゃれいうん》などの多くの詩人が登場して活躍しました。

◇唐の時代に全盛期を迎える

唐の時代に入ると詩は宮廷を離れて広く民間に伝わりました。唐の詩を唐詩《とうし》と呼びます。その詩の流れは、初唐、盛唐、中唐、晩唐の四つの時期に分けて考えられています。（詳しくは左の一覧表をご覧ください）

また、この時代に詩の形式はほぼ固まり、それまでの時代の詩を「古体詩《こたいし》」、唐の時代からの詩を「近体詩《きんたいし》」と呼びます。

科挙の試験に作詩が課せられたことから詩は隆盛し、詩の黄金時代を迎えました。特に盛唐の李白・杜甫の詩は後世「詩は必ず盛唐」と呼ばれるようになるほど、その模範とされました。

唐が滅んだ後も漢詩を作ることは士大夫《したいふ》（現代で言うところの知識階級、インテリのこと）のたしなみとされ、宋時代にはより理知的な詩が作られました。北宋では蘇軾《そしょく》、黄庭《こうてい》堅《けん》、王安石《おうあんせき》、南宋では陸游《りくゆう》などが輩出し、明時代には高啓《こうけい》などの詩人が登場して活躍しました。

漢詩は、日本をはじめ東アジアを中心に多くの人々に鑑賞され作詩されました。

西暦	王朝／時代	出来事・トピックス
紀元前1100年頃～前256年	周王朝（紀元前770年に周が東西に分裂後、春秋戦国時代に）	周の初めから春秋時代（前770年～403年）までの、黄河流域の諸国や王宮で歌われた詩歌305首を収めた中国最古の詩集『詩経』が編纂される。（孔子［紀元前551年～479年］の頃には、ほぼ今に伝わる詩集の型が出来上がっていた）
紀元前770年～前222年	春秋戦国時代	戦国時代（前403年～222）に楚《そ》国にて、屈原《くつげん》［紀元前343年？～277年？］という天才的な詩人が誕生する。屈原の作品を中心にした『楚辞《そじ》』が編纂される。
紀元前221年～前207年	秦王朝	始皇帝が天下を統一する。万里の長城を築く。
紀元前206年～後8年	漢王朝（前漢）	『楚辞』の流れをひく「賦《ふ》」（美しい文体の長編の詩）が宮廷で流行。武帝《ぶてい》（第7代目）により「楽府《がくふ》」が設置され、「楽府《がふ》」が盛行する。
8年～23年	新王朝	王莽《おうもう》が漢を滅ぼし、新たに王朝を立てる。
25年～220年	漢王朝（後漢）	光武帝が、新を滅ぼし漢を再興する。後漢時代末期に「五言《ごごん》」の詩が定着。これが漢詩の基本形となる。『文選』に「古詩十九首」として収められている。

西暦	王朝／時代	出来事・トピックス
220年～589年	三国六朝時代	魏《ぎ》、呉《ご》、蜀《しょく》によって覇権が争われた。 魏の武帝・曹操《そうそう》、文帝・曹丕《そうひ》、弟の曹植《そうしょく》親子の三曹が五言詩を確立した。 田園詩人と呼ばれる陶潜《とうせん》［別名・陶淵明《とうえんめい》365年～427年］、山水詩人の祖と呼ばれる謝霊運《しゃれいうん》［385年～433年］ら、多くの詩人が登場。
581年～617年	隋王朝	文帝が陳を滅ぼし南北を統一する。
618年～907年	唐王朝	李淵が隋を滅ぼして建国。 詩の形式はほぼ固まる。それまでの時代の詩を「古体詩《こたいし》」、唐の時代からの詩を「近体詩《きんたいし》」と言う。 唐の時代の詩は、初唐、盛唐、中唐、晩唐の4つの時期に分けられる。
（618年～711年）		初唐 次の全盛期への橋渡し。近体詩が沈佺期・宋之問などにより完成。 代表的な詩人： 王勃《おうぼつ》、楊炯《ようけい》、盧照鄰《ろしょうりん》、駱賓王《らくひんのう》、沈佺期《しんせんき》、宋之問《そうしもん》、劉希夷《りゅうきい》、陳子昂《ちんすこう》など。
（712年～765年）		盛唐 玄宗皇帝の時代を中心にした約50年間。 代表的な詩人：李白《りはく》、杜甫《とほ》、王維《おうい》、孟浩然《もうこうねん》、王翰《おうかん》、王之渙《おうしかん》、王昌齢《おうしょうれい》、岑参《しんじん》、常建《じょうけん》、高適《こうせき》、賀知章《がちしょう》など。
（766年～826年）		中唐 代表的な詩人：白居易《はくきょい》、韓愈《かんゆ》、柳宗元《りゅうそうげん》、賈島《かとう》、張継《ちょうけい》、元稹《げんしん》、李賀《りが》など。
（827年～907年）		晩唐 代表的な詩人：杜牧《とぼく》、李商隠《りしょういん》、温庭筠《おんていいん》、高駢《こうべん》、于武陵《うぶりょう》、魚玄機《ぎょげんき》など。
907年～959年	五代	詞（ツー）が流盛。
960年～1279年	宋王朝	唐王朝滅亡後五代十国《ごだいじっこく》時代を経て、趙匡胤《ちょうきょういん》が建国。 代表的な詩人：梅尭臣《ばいぎょうしん》、欧陽脩《おうようしゅう》、王安石《おうあんせき》、蘇軾《そしょく》、黄庭堅《こうていけん》、楊万里《ようばんり》、陸游《りくゆう》、范成大《はんせいだい》、朱熹《しゅき》、文天祥《ぶんてんしょう》など。
1279年～1367年	元王朝	忽必烈（フビライ）が南宋を滅ぼし、中国を統一して元王朝を立てる。 文天祥が獄中で「生気の歌」を作る。
1368年～1644年	明王朝	朱元璋《しゅげんしょう》（太祖洪武帝《たいそこうぶてい》）が元《げん》王朝を滅ぼして建国。 代表的な詩人：高啓《こうけい》、袁宏道《えんこうどう》など。
1644年～1912年	清王朝	ヌルハチ（清王朝初代皇帝）によって、1616年に清王朝の前身である後金国を満洲に建国する。 代表的な詩人：王漁洋《おうぎょよう》、沈徳潜《しんとくせん》、袁枚《えんばい》など。
1912年以降	現代（中華民国時代以降）	1911年～1912年にかけて辛亥革命が勃発1912年1月1日、中華民国が成立し孫文が臨時大総統に就任。清王朝滅亡。代表的な詩人：魯迅《ろじん》、毛沢東《もうたくとう》など。

コツ3

漢詩の種類を確認しましょう　～詩形について（古体詩と近体詩）～

◇「古体詩」と「近体詩」

漢詩は、狭義には「漢の時代［紀元前２０６年～後２２０年］の詩」を言いますが、本書では一般的な意味として、「中国の古典詩のすべて」をさします。

漢詩は、大きく「古体詩」と「近体詩」の二つに分けることができます。

近体詩は、唐時代［６１８年～９０７年］の初唐期に確立し、平仄や押韻の規則があり、字数・句数が一定です。一方の古体詩は、それ以前に作られた詩を言いますが、唐時代以降も作られています。

◇形式による違い

古体詩は、古詩と楽府《がふ》からなります。押韻以外は、平仄や字数や句数は定まっていません。

近体詩は一句の字数や句の数の違いにより、絶句《ぜっく》、律詩《りっし》、排律《はいりつ》に分けられます。そしてそれらは一句の字数が五字であれば五言《ごごん》、同じく七字は七言《しちごん》、六字は六言《りくごん》となります。なお、絶句のみ六字（六言）があります。

絶句は四句、律詩は八句、排律は十句以上です。

詩形をまとめると、下図のようになります。

詩
- 古体詩
  - 古詩《こし》
- 近体詩
  - 絶句
  - 律詩
  - 排律《はいりつ》

分類	詩形	一句の字数	句の数	平仄	押韻
古体詩・古詩	四言《しごん》古詩	四字	不定	不定	する
古体詩・古詩	五言《ごごん》古詩	五字	不定	不定	する
古体詩・古詩	七言《しちごん》古詩	七字	不定	不定	する
古体詩・古詩	雑言《ざつごん》古詩	不定	不定	不定	する
近体詩・絶句	五言《ごごん》絶句	五字	四句	一定	一定
近体詩・絶句	七言《しちごん》絶句	七字	四句	一定	一定
近体詩・絶句	六言《りくごん》絶句	六字	四句	一定	一定
近体詩・律詩	五言《ごごん》律詩	五字	八句	一定	一定
近体詩・律詩	七言《しちごん》律詩	七字	八句	一定	一定
近体詩・排律	五言《ごごん》排律	五字	十句以上	一定	一定
近体詩・排律	七言《しちごん》排律	七字	十句以上	一定	一定

出典：『はじめての漢詩創作』（鷲野正明著、白帝社）

コツ 4

古体詩とはどのような詩かを知りましょう

句の字数には四言、五言、六言、七言、雑言の諸形式があります。しかし唐代以降は五言、七言が多く作られました。それらを五言古詩、七言古詩と呼びます。

一般的に押韻は偶数句末でなされますが、そうではない場合もあります。

例句　子夜呉歌／子夜呉歌《しやごか》　盛唐　李白《りはく》

（網掛け）は押韻

長安一片月
萬戸擣衣聲
秋風吹不盡
總是玉關情
何日平胡虜
良人罷遠征

長安一片《ちょうあんいっぺん》の月《つき》
万戸《ばんこ》衣《ころも》を擣《う》つの声《こえ》
秋風《しゅうふう》吹《ふ》いて尽《つ》きず
総《す》べて是《こ》れ玉関《ぎょくかん》の情《じょう》
何《いず》れの日《ひ》にか胡虜《こりょ》を平《たい》らげて
良人遠征《りょうじんえんせい》を罷《や》めん

大意

長安の町を満月が照らしている。

その照らし出された家のあちらこちらから衣を打つ砧《きぬた》の音がする。

秋風は一向に止む気配がなく、吹き続けている。

月の光、砧の音、止むことの無い秋風、それらのすべてが、遠い玉門関に出征している夫への思いをかきたてる。

いったいいつになったら夫は、夷敵をやっつけて、遠征から帰ってくることができるのだろうか。

コツ5

近体詩・絶句の規則を確認しましょう

前項で近体詩には絶句、律詩、排律があることを述べましたが、本項では「絶句」について解説します。なお排律は、五言・七言形式の句数を十句以上とした詩で、本書では詳細を省きます。

◇絶句

絶句は四句で構成され、第一句を起句、第二句を承句、第三句を転句、第四句を結句と呼びます。私たちが口にする「起承転結」という語は、この絶句に由来しています。

承句の「長《ちょう》」と結句の「霜《そう》」が同じ響きです。五言詩では、偶数句の最後に同じ響きの語を用いて「押韻《おういん》」します。漢字は一字一字に上がったり下がったりの「声調《せいちょう》」があり、平らな調子を「平声《ひょうしょう》」、上る調子を「上声《じょうしょう》」、下がる調子を「去声《きょしょう》」、つまる調子を「入声《にっしょう》」と言います。四つの声調ですのでこれを「四声《しせい》」と言います。この「四声」のうちの平らな声調を「平《ひょう》」、それ以外の声調を「仄《そく》」といいます。（P20参照）

例詩 秋浦《しゅうほ》の歌《うた》 盛唐 李白《りはく》

（起）白髪三千丈
（承）縁愁似箇**長**
（転）不知明鏡裏
（結）何處得秋**霜**

■は押韻

白髪三千丈《はくはつさんぜんじょう》
愁《うれい》に縁《よ》りて　箇《かく》の似《ごと》く長《なが》し
知《し》らず明鏡《めいきょう》の裏《うち》
何《いず》れの処《ところ》にか　秋霜《しゅうそう》を得《え》たる

大意

鏡に写し出されたわが姿を見れば、白髪は三千丈もあろうかと思われるほどに長い。つもりにつもった愁いのために、こんなにも長くのびたのだ。澄んだ鏡の中に写るこの霜のような白髪は、いったいどこからやってきたのだろうか。

この平と仄を○と●で表わすと、次のようになります。

	12345	12 345
（起）	白髪三千丈	●● ○○●
（承）	縁愁似箇長	○○ ●●◎
（転）	不知明鏡裏	●○ ○●●
（結）	何處得秋霜	○● ●○◎

※◎は押韻

さて、○●をよく見ると、二字目と四字目の○●は必ず逆になっています。これを「二四不同《にしふどう》」と言います。

次に七言絶句の例を見て行きましょう。

例詩（七言絶句）

先に挙げた李白の「汪倫に贈る」です。読みと大意は8ページをご覧ください。

	1234567	12 34 567
（起）	李白乗舟將欲行	●● ○○ ○●◎
（承）	忽聞岸上踏歌聲	●○ ●● ●○◎
（転）	桃花潭水深千尺	○○ ○● ○○●
（結）	不及汪倫送我情	●● ○○ ●●◎

※◎は押韻

近体の七言詩は、二字目、四字目、六字目がポイントになります。各句の二字目、四字目、六字目を同様に○●で見ますと、二字目と四字目の○●が逆になり、四字目と六字目の○●が逆になっていることが分かります。そして、二字目と六字目の○●は同じになっています。これを「二四不同《にしふどう》・二六対《にろくつい》」と言います。

押韻は、起句「行」・承句「声」・結句「情」です。日本語で発音するとちょっと違いますが、これについては後で触れます。

チェック❶ 五言絶句では、偶数句の最後に押韻し、五言絶句では、「二四不同」になっています。

チェック❷ 七言絶句では、第一句と偶数句、つまり起・承・結のそれぞれの句末で押韻し、「二四不同・二六対」になっています。

コツ6 近体詩・律詩の規則を確認しましょう

本項では「律詩」の解説をします。

◇律詩

律詩は、全八句で構成され、二句を1つにまとめて「聯《れん》」という単位で呼びます。第一・二句を首聯《しゅれん》、第三・四句を頷聯《がんれん》、第五・六句を頸聯《けいれん》、第七・八句を尾聯《びれん》と呼びます。なお、「首・頷・頸・尾」の聯は、それぞれ絶句の「起・承・転・結」の句に該当します。

例詩 春望《しゅんぼう》 **盛唐 杜甫《とほ》**（五言律詩）

■は押韻

（首聯）
國破山河在
城春草木**深**

（頷聯）
感時花濺涙
恨別鳥驚**心**

（頸聯）
烽火連三月
家書抵萬**金**

（尾聯）
白頭掻更短
渾欲不勝**簪**

国破《くにやぶ》れて　山河《さんが》在《あ》り
城春《しろはる》にして　草木深《そうもくふか》し
時《とき》に感《かん》じては　花《はな》にも涙《なみだ》を濺《そそ》ぎ
別《わか》れを恨《うら》んでは　鳥《とり》にも心《こころ》を驚《おどろ》かす
烽火《ほうか》　三月《さんがつ》に連《つら》なり
家書《かしょ》　萬金《ばんきん》に抵《あた》る
白頭掻《はくとうか》けば　更《さら》に短《みじか》く
渾《す》べて簪《しん》に勝《た》えざらんと欲《ほっ》す

大意

国都長安は破壊されたが、山や川は相変わらず元の姿のまま存在している。荒れ果てた街に春がきて、草や木が深く茂っている。

いまの時勢を思うと、美しい花を見ては涙が流れ、家族との別れを嘆いては、きれいな声で鳴く鳥の声にも心が乱される。

戦争は春三月になってもやむことなく、家族からの手紙は万金の価値があるほど、まったくこない。

白髪だらけの頭は、心労で掻けば掻くほど薄くなり、冠を止めるかんざしも刺せなくなりそうだ。

平仄は次のようになっています。

	12345	1	2	3	4	5
(一)	國破山河在	●	●	○	○	●
(二)	城春草木深	○	○	●	●	◎
(三)	感時花濺涙	●	○	○	●	●
(四)	恨別鳥驚心	●	●	●	○	◎
	※第三・四句は必ず対句					
(五)	烽火連三月	○	●	○	○	●
(六)	家書抵萬金	○	○	●	●	◎
	※第五・六句は必ず対句					
(七)	白頭掻更短	●	○	○	●	●
(八)	渾欲不勝簪	●	●	●	○	◎

※◎は押韻

五言律詩も、平仄は五言絶句と同様に各句の二字目、四字目は「二四不同」になります。押韻は偶数句の句末でします。また、第三句と第四句、第五句と第六句は「対句」になっています。

次に七言律詩の例を見ていきましょう。

例詩 曲江《きょくこう》 杜甫《とほ》 (七言律詩) ■は押韻

朝回日日典春**衣**
毎日江頭盡醉**歸**
酒債尋常行處有
人生七十古來**稀**
穿花蛺蝶深深見
點水蜻蜓款款**飛**
傳語風光共流轉
暫時相賞莫相**違**

朝《ちょう》より回《かえ》りて日日《ひび》春衣《しゅんい》を典《てん》し
毎日《まいにち》江頭《こうとう》に酔《よい》を尽《つく》して帰《かえ》る
酒債《しゅさい》は尋常《じんじょう》行《ゆ》く処《ところ》に有《あ》り
人生《じんせい》七十《しちじゅう》　古来《こらい》稀《まれ》なり
花《はな》を穿《うが》つの蛺蝶《きょうちょう》は深深《しんしん》として見《み》え
水《みず》に点《てん》ずるの蜻蜓《せいてい》は款款《かんかん》として飛《と》ぶ
伝語《でんご》す風光《ふうこう》共《とも》に流転《るてん》して
暫時《ざんじ》相賞《あいしょう》して相違《あいたが》うこと莫《な》かれと

大意

朝廷の仕事を終えると毎日春の衣服を質に入れ、曲江のほとりで酒を飲み、じゅうぶん酔ってから帰る。

酒の借金はいつも行くところ、どこにでもあるものだ。そんなことは大したことではない。それより、人生は短く、七十歳まで生きた人はめったにいないのだから、せめて生きている間、酒でも飲んで楽しもうではないか。

花の間に入って蜜を吸うあげはちょうは、奥深いところに見え、水面にときおり尾をつけながら、とんぼはゆるやかに飛ぶ。

風光に伝えよう、私とともに流れてゆき、しばらくの間お互いにたたえあって、そむきあうことのないように、と。

七言律詩は一句が七言、八句でできています。平仄と押韻を見てみましょう。

	1234567	1	2	3	4	5	6	7
（一）	朝回日日典春衣	○	○	●	●	●	○	◎
（二）	毎日江頭盡醉歸	●	●	○	○	●	●	◎
（三）	酒債尋常行處有	●	●	○	○	○	●	●
（四）	人生七十古來稀	○	○	●	●	●	○	◎
（五）	穿花蛺蝶深深見	○	○	●	●	○	○	●
（六）	點水蜻蜓款款飛	●	●	○	○	●	●	◎
（七）	傳語風光共流轉	○	●	○	○	●	○	●
（八）	暫時相賞莫相違	●	○	○	●	●	○	◎

※◎は押韻

平仄は七言絶句と同様に、「二四不同・二六対」、また、第三句と第四句、第五句と第六句が「対句」になっています。（第七句は二六対になっていませんが、二六対と同等とみなされます）

チェック❶　五言律詩では、平仄は各句の二字目と四字目は反対の平仄になっています。これを「二四不同」と言います。押韻は偶数句の句末でします。また、第三句と第四句、第五句と第六句は「対句」になっています。

チェック❷　七言律詩では、同様に「二四不同・二六対」、また、第三句と第四句、第五句と第六句は「対句」になっています。押韻は第一句と偶数句目です。

コツ7 平仄の規則を確認しましょう

ここでは、平仄《ひょうそく》の規則について解説します。

漢字はもともと中国の文字で、日本語とは異なる独特な発音があります。そして、漢字は一字ごとに、中心の母音の個所が上ったり、下がったりする「声調《せいちょう》」があります。

声調は五世紀ころ、仏典を翻訳する過程で自覚され、四つに分類されました。それは、①平声《ひょうしょう》②上声《じょうしょう》③去声《きょしょう》④入声《にっしょう》で、これを「四声《しせい》」と言います。

この「四声」のうちの①平声を「平《ひょう》」、それ以外の②上声③去声④入声を「仄《そく》」と、二つに分け、この平と仄の2つの配合によって詩の規則が作られました。

もともと漢詩は、漢字の発音上の特色から音楽性がありましたが、四声の自覚によって音楽性のある理由が平仄・押韻であることが認識され、今度は音楽性のある詩を作るために平仄・押韻の規則が定められていったのです。

四声とそれぞれの音の特徴

平声《ひょうしょう》	低くて平らな調子	平
上声《じょうしょう》	低音から高音へとのぼる調子	仄
去声《きょしょう》	高音から低音へとさがる調子	仄
入声《にっしょう》	つまる調子	仄

チェック❶ 漢詩は、心地よいリズムを大切にしています。

チェック❷ 漢字はすべて「四声」に分類でき、さらに「平」と「仄」の二つによって詩の規則ができました。

コツ8 句のリズムを理解しましょう

漢詩は、句ごとにただ五字・七字と漢字が並んでいるのではありません。

平仄の規則で、五言詩では二字目と四字目の平仄が変わります。また七言詩では二字目と四字目と六字目の平仄が互い違いに入れ替わります。つまりその平仄の変わる所でリズムが生まれる、ということです。簡単に言うと、五言詩では「二字・三字」、七言詩では「二字・二字・三字」のリズムで、意味的にも五言では「二・三」、七言では「二・二・三」となります。なお最後の「三」(下三字)の部分は、意味的に「一・二」または「二・一」のようになります。

先にあげた李白の「秋浦の歌」と「汪倫に贈る」で見てみましょう。

《五言絶句》

　　1 2 3 4 5
(一)白髪・三千・丈
(二)縁愁・似箇・長
(三)不知・明鏡・裏
(四)何處・得秋・霜

《七言絶句》

　　1 2 3 4 5 6 7
(一)李白・乗舟・将欲・行
(二)忽聞・岸上・踏歌・聲
(三)桃花・潭水・深千・尺
(四)不及・汪倫・送我・情

第二字、第四字、第六字のところで規則正しく平仄が変わることにより、一定のリズムが生まれます。また、二字・三字、二字・二字・三字で意味がまとまります。

コツ 9 「韻」を理解しましょう

「韻《いん》を踏《ふ》む」あるいは「押韻《おういん》」とは、「同じ響きの字を用いること」をいいます。漢詩は、近体詩に限らず、古体詩もすべて押韻されていました。

李白の「秋浦の歌」（五言絶句）には、二句目の末の「長《チョウ》」と四句目の末の「霜《ソウ》」が韻を踏んでいます。また、「汪倫に贈る」では一句目の「行」、二句目の「聲」、四句目の「情」が韻を踏んでいます。

《五言絶句》

（一）白髪三千丈
（二）縁愁似箇長
（三）不知明鏡裏
（四）何處得秋霜

《七言絶句》

（一）李白乘舟將欲行
（二）忽聞岸上踏歌聲
（三）桃花潭水深千尺
（四）不及汪倫送我情

では、なぜこれらの漢字が韻を踏んでいる、と言えるのでしょうか？

◇漢字のもともとの発音

漢字のもともとの発音はとても複雑です。たとえば李白の「李」は、日本語では「リ」と発音して、ローマ字で表すと「r+i」になります。中国語も「l+i」ですから、「李」は日本語の発音と同じように「子音《しいん》＋母音《ぼいん》」であると、一応は思われますが、漢字がすべて「子音《しいん》＋母音《ぼいん》」のようにはなりません。

「声」という漢字はどうでしょうか。

日本語では「セイ」と発音します。ローマ字では「s+ei」となり「子音＋二重母音」になります。ところが現代中国語では「sh+eng」という発音です。いわゆる子音の部分は「sh」のように「子音」が二つあります。またいわゆる母音の部分は「eng」というように、母音だけではなく「ng」の子音が入っています。これだけでも十分発音が複雑であることがわかります。

中国では、日本語のように「子音＋母音」とは言えません。日本語の「子音」に当たる部分を中国では「声母《せいぼ》」、日本語の「母音」に当たる部分を「韻《いん》母《ぼ》」と言います。漢詩で言う「韻」とは、この「韻母」のことです。

「韻母（韻）」は「李」のような単純なものから「声」のような複雑なものまであります。そこで同じ韻どうしで分類すると、これまた日本語の母音の五つとは桁違いに多くなります。漢詩で分類されている「韻母」は、現在では106です。漢詩で韻を踏む（押韻）というのは、「韻母（韻）」の同じ漢字（韻字）を、押韻すべきところで使うことを言います。原則、他の違う「韻母（韻）」の韻字を使うことはできません。響きが違うのですから、当然ですよね。今日も漢詩を作る場合は、六朝時代から宋代にかけて分類された韻の体系にしたがっています。日本語で発音しても、現代中国語で発音しても、同じ響きにならないものが多々ありますが、これは時代の推移によって発音が変わったからで、致し方ないことです。李白の「汪倫に贈る」の韻字「行」「声」「情」が、日本語でも現代中国語でも違っているのは、そのためです。

◇詩形による押韻の違い

押韻は、五言絶句の場合は、二・四句（一句目に踏むこともある）、七言絶句の場合は、一・二・四句（一句目は踏まないこともある〈このことを「踏み落とし」といいます〉）となります。

律詩の場合は、五言律詩は、二・四・六・八句（一句目に踏むこともある）、七言律詩は、一・二・四・六・八句（一句目は踏まないこともある）、となります。

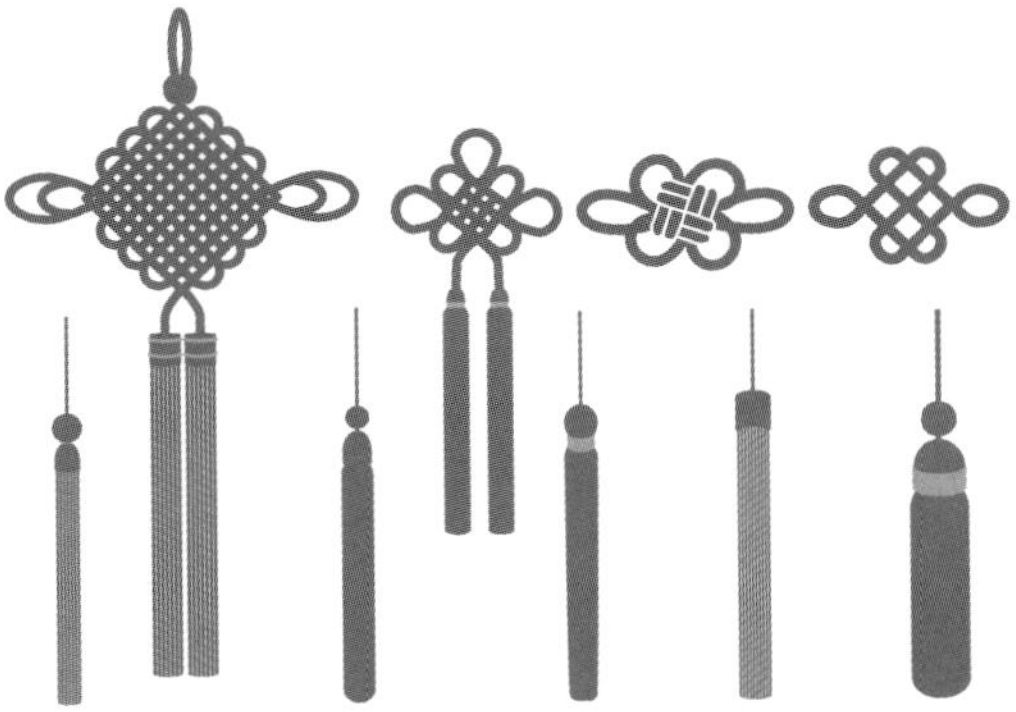

コツ10 漢詩に使われることばについて理解しましょう

漢詩を構成している「ことば」は、その詩の意味を理解したり、詩情を味わったりする上で最も大切な要素です。しかしそのことばは、読めばその字面からすぐに理解できるものもあれば、特定の意味やイメージが付加されているものや、本来の意味とは違う意味で用いられることもあります。

そうしたことばにまつわる事情を知っておかないと、漢詩全体の意味や詩情、そこに描かれている世界観が理解できなかったり、間違った解釈をしてしまうことになるでしょう。

そこで本項では、詩における「ことば」を理解していただくために、①人を表わすことば、②特定の事物を表わすことば、③何かを象徴することば、④音の連想によって別の意味を暗示することば、⑤一語に多くの意味が含まれることばなど代表的な例を紹介します。

①人を表わすことばの例

漢詩のことば／元の意味	表わされる人
布《ふ》衣《い》／布製の着物	官位のない人、平民
黒《こく》頭《とう》／髪の毛の黒い頭	青年
紅《こう》顔《がん》／紅い顔	少年または美人
東《とう》宮《ぐう》／皇太子の御殿	皇太子
平《へい》康《こう》／唐の長安の花柳街の名	遊《ゆう》郭《かく》、妓《ぎ》女《じょ》
鴛《えん》鴦《おう》／オシドリ	夫婦
蛾《が》眉《び》／ガの触覚	美女
草《そう》色《しょく》／若草の色	つまらぬ人間、小人《しょうじん》

②特定の事物を表わすことばの例

漢詩のことば／元の意味	表わされる事物
杜康《とこう》／はじめて酒を造ったという伝説の人の名前	酒
金烏《きんう》、金鴉《きんあ》／カラス	太陽
馬乳《ばにゅう》／馬の乳	ブドウ
朱紫《しゅし》／朱色と紫色	高位高官
丹赤《たんせき》／朱色と赤色	心
穹碧《きゅうへき》／とても碧《あお》い	空
七弦《しちげん》／七本の弦	琴

③何かを象徴することばの例

漢詩のことば	表わされる事象
春草《しゅんそう》	別離
（蘭などの）香草《こうそう》	高潔、節操
竹	高雅、風流
柳、楊柳《ようりゅう》	別れ
鶏、犬	平和な村里
雁《がん》、鯉《こい》	手紙
朝雲《ちょううん》、楚雲《そうん》	男女の色恋
浮雲《ふうん》	はかなさ
不如帰《ふじょき》、子規《しき》、杜宇《とう》、杜魄《とはく》、蜀魂《しょくこん》、思帰鳥《しきちょう》、望帝《ぼうてい》、杜鵑《とけん》、など（ホトトギスのこと）	望郷

④音の連想によって別の意味を暗示することばの例

漢詩のことば	暗示する語と意味
蓮《れん》	憐《れん》＝いとおしむ、愛する →恋愛を暗示
採蓮	恋人を探す
魚	恋人
糸《し》	思《し》→恋の思いを暗示
晴《せい》	情《せい》→愛情や恋心を暗示

⑤一語に多くの意味が含まれることばの例

漢詩のことば	含まれる意味
重	・重い　（発音はジュウ） ・重なる（発音はチョウ）
遠	・距離の遠さ ・時間の遠さ ・精神的な遠さ ・奥深さ

⑥その他

数量によって事物を表わすことばの例

漢詩のことば	表わされる事物
三尺《さんじゃく》	剣
五尺《ごじゃく》	児童
方寸《ほうすん》（一寸四方）	心

分解した文字によってその事物を表わすことばの例

漢詩のことば	表わされる事物
丘八《きゅうはち》	兵
十八《じゅうはち》公《こう》	松

出典：『はじめての漢詩創作』（鷲野正明著、白帝社）、ほか

第2部

各時代の代表的な詩人の生涯とその詩の味わい方

1

三国六朝時代

隠者の生活を愉しむ陶潜の詩

陶潜《とうせん》［東晋］３６５年〜４２７年

東晋《とうしん》・宋《そう》の詩人。潯陽柴桑《じんようさいそう》（江西省）の人。
字《あざな》は淵明《えんめい》。一説に淵明を諱《いみな》（本名）とし、字《あざな》を元亮《げんりょう》とする。諸説ある。

29歳で、はじめて下級役人である州の祭酒《さいしゅ》（学事担当）となって仕官した。しかしまもなく辞めて、続いて主簿《しゅぼ》（秘書担当）となったがそれも辞めて、一時故郷に帰った。そのようにして断続的に下級役人としての人生を送ったが、最後に、老後の費用を稼ぐためにと、故郷にほど近い彭沢《ほうたく》の令（県の長）に就任した。が、そこも80日余で辞めてしまい、足掛け13年にわたる役人生活に終止符を打った。41歳だった。その後は、故郷の田園地帯に隠遁した。以後は、63歳で死ぬまで、おもに州都の潯陽（九江市）近辺で隠逸の士として世に処し、悠々自適の隠居生活を送りながら、多くの優れた詩文を遺して名声を得た。その生きざまや作風から、後世の人々に「田園詩人」「隠逸詩人」などと呼ばれるようになった。

コツ11

理想の生き方を詠う詩を鑑賞する

飲酒／飲酒《いんしゅ》

詩形 五言古詩

前編 （ ）は句の順番。 ▢は押韻

（1）結廬在人境
（2）而無車馬**喧**
（3）問君何能爾
（4）心遠地自**偏**

廬《いおり》を結《むす》んで人境《じんきょう》に在《あ》り
而《しか》も車馬《しゃば》の喧《かまびす》しき無《な》し
君《きみ》に問《と》う何《なん》ぞ能《よ》く爾《しか》るやと
心遠《こころとお》ければ地自《ちおのず》から偏《へん》なり

前編

大意

自分は隠遁して庵を人里に構えている。ここでは車馬の往来の音が騒がしいということはない。

「どうしてそんなこと（庵を人里に構えて静かに暮らすこと）ができるのか」（と他人から聞かれたら）

「心が（世俗から）遠く離れているので、自ずと住む場所も辺境の地となるからだ」（と答える）。

言葉の意味

廬：庵。草ぶきの小さな家。粗末な家。

人境：人里。

車馬喧：車馬の往来の音が騒がしい。（俗世間のたとえ）

問君：他人に問うのではなく、誰かが自分に問うことを言う。自問自答する表現。

何能：どうして……ができるのであろうか？

爾：そのようなこと。庵を人里に構えて静かに暮らすことを指す。

偏：一方に偏る。辺鄙なことを言う。

後編

（ ）は句の順番。 は押韻

（5）采菊東籬下
（6）悠然見南山
（7）山氣日夕佳
（8）飛鳥相與還
（9）此中有眞意
（10）欲辨已忘言

菊《きく》を東籬《とうり》の下《もと》に采《と》り
悠然《ゆうぜん》として南山《なんざん》を見《み》る
山気《さんき》日夕《にっせき》に佳《よ》く
飛鳥《ひちょう》相与《あいとも》に還《かえ》る
此《こ》の中《うち》に真意《しんい》有《あ》り
弁《べん》ぜんと欲《ほっ》すれば已《すで》に言《げん》を忘《わす》る

後編 大意

菊を東の垣根で採り、ゆったりした心地で、南にある廬山を眺める。

山には夕暮れどきの靄がかかり、飛ぶ鳥たちは連れ立ってねぐらへと帰っていく。

そんな情景の中にこそ、物事の真理が隠されている。その真理とは何かを述べようとすると、その途端に述べるべき言葉を失ってしまう。

言葉の意味

東籬：東にある籬《まがき》。
南山：南にある山（「廬山《ろざん》」のこと）。
山気：山にかかる靄《もや》。
日夕：夕暮れどき。

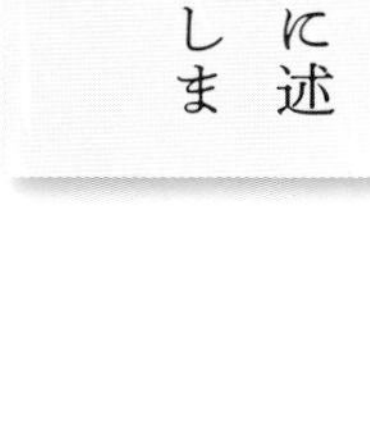

最後の二句にあるように言葉で「真意」は言い尽くせません。「菊を東籬の下に采り、悠然として南山を見る」に陶潜の理想の生き方が具現化されています。

観賞のポイント1

題は「飲酒」ですが、これは酒を飲んだときに作ったという意味の題で、同題の連作（全20首）のうちの五首目。本詩は、役人を辞めて故郷の田園で隠者としての暮らしをしているときの作品。前半の四句で、前置きと隠者暮らしの生活やそのことに至る動機を説明しています。

観賞のポイント2

次の四句で、そんな隠者暮らしの中の、ある日の一コマ（情景）を詩情豊かに描写しています。

観賞のポイント3

最後の二句で、隠者としての自分は世俗にまみれている人々より精神的に高い境地にあることを示しながら、物事の真理は言葉では言い表わせないから、それを知りたければ自分のような生活をしなさいと言うのでしょう。

時代・人物を深堀りしてみよう

激しい政争の中、世俗から身を引く

陶潜は、曽祖父が東晋王朝の草創期に大活躍した名将・陶侃《とうかん》ということもあり、若いころは自らも勉学に励んで立身の望みを抱いた。しかし、当時はすでに没落した貧しい下級貴族の家であったため、結果的にその望みを果たすことはできなかった。仕事運に恵まれなかった陶潜は、次第に隠者の生活に憧れを持つようになった。

そのような意識を持つようになった背景には、当時の人々の価値観として、一般的に上下関係や礼儀を重んじる儒教の教え（国教となっていた）が根底にありつつも、無為自然なあり方、生き方に人生の意義を見出す「老荘思想」に関心が持たれるようになっていたからである。特に陶潜が生きた六朝期は政争が激しく、貴族でさえ身を保つのは非常に困難であった。そのため、積極的に政治に関わる生き方よりも、世俗から身を引いて大自然の中で質素に生きていくほうが尊い生き方として考える人々が多かった。

コツ12

人生にとって大切なことを詠う詩を鑑賞する

雑詩／雑誌《ざっし》

詩形　五言古詩

前編　（　）は句の順番。　■は押韻

（1）人生無根蔕

（2）飄如陌上塵

（3）分散逐風轉

（4）此已非常身

人生《じんせい》は根蔕《こんてい》無《な》く

飄《ひょう》として陌上《はくじょう》の塵《ちり》の如《ごと》し

分散《ぶんさん》して風《かぜ》を逐《お》いて転《てん》ず

此《こ》れ已《すで》に常《つね》の身《み》に非《あら》ず

前編

大意

人の命は、木の根や果実の蔕のような、しっかりとつなぎ留めておくものが無く、まるで風に吹き飛ばされる路上の塵のようなものだ。

ちりぢりに風に従ってまろび行き、この身は、もはや元の姿を保ち得ず、一定不変ではない。

言葉の意味

雑詩：そのときどきに感じたことをとりとめもなく書き綴った詩。

人生：人としてこの世に生きること。人の一生。

根蔕：木の根や果実の蔕《へた》のように、しっかりとつなぎ留めておくもの。

飄：風にただよう様子。

陌上：路上。

分散：分かれて散りぢりになること。

中編

（ ）は句の順番。 ■ は押韻

（5）落地爲兄弟

（6）何必骨肉**親**

（7）得歡當作樂

（8）斗酒聚比**鄰**

地《ち》に落《お》ちて兄弟《けいてい》と為《な》る

何《なん》ぞ必《かなら》ずしも骨肉《こつにく》の親《しん》のみならん

歓《よろこび》を得《え》ては当《まさ》に楽《たの》しみを作《な》すべし

斗《と》酒《しゅ》比《ひ》隣《りん》を聚《あつ》む

中編

大意

この世に生まれ落ちれば皆兄弟だ。どうして血のつながりのある肉親だけにこだわる必要があるだろうか。嬉しいときには、心ゆくまで楽しもう。酒をたっぷり用意して、近所の人たちと大いに飲もうではないか。

言葉の意味

落地：この世に生まれる。
何：「どうして〜だろうか、いや〜ない」。反語形（※）。
斗酒：一斗の酒。大量の酒の意。
比隣：となり近所の人たち。

※反語形：疑問の形式をとりながら、発言者が懐《いだ》いている答えを確認したり強調したりする。この場合、疑問詞を否定語に置き換えても文脈の意味は変わらない。
「何必〜」（何ぞ必ずしも〜のみならんや）＝「不必〜」（必ずしも〜のみならず）

後編

（　）は句の順番。

■は押韻

（9）盛年不重來

（10）一日難再晨

（11）及時當勉勵

（12）歳月不待人

盛年《せいねん》重《かさ》ねて来《き》たらず

一日《いちじつ》再《ふた》び晨《あした》なり難《がた》し

時《とき》に及《およ》んで当《まさ》に勉励《べんれい》すべし

歳月《さいげつ》は人《ひと》を待《ま》たず

後編
大意

若いときは二度とやって来ないし、一日に二回も朝は来ない。

楽しめるよい機会を得たら、存分に楽しもうではないか。歳月は人を待ってはくれないのだから。

言葉の意味

晨：あした、あさ、夜明けの意。
盛年：若いとき。
及時：ちょうどよい機会。
勉励：行楽に勉め励むこと。

第十一句・第十二句が、陶潜がこの詩で伝えたいこと。人生は儚く短い。だから、楽しめるときには、大いに楽しもう！

観賞のポイント 1

第八句は、隣近所の人々と集まって酒を飲み楽しむこと。「斗酒」は、一斗の酒。「斗」はもと酒を汲む器。3世紀の魏の時代では約2リットル。6世紀以降の隋・唐の時代は約6リットルでした。大量の酒を意味します。

観賞のポイント 2

第九句・第十句は、時間は過ぎ去るだけで二度ともとには戻らない、万物も常に移り変わり元のままであることはないことを言います。

観賞のポイント 3

第十一句の「及時當勉勵／時《とき》に及《およ》んで当《まさ》に勉励《べんれい》すべし」は次の句とともに「寸暇を惜しんで勉学に励め、歳月は待ってくれないのだから」という意味でよく使われます。「勉励」は勉め励むことで、勉学に励むという意味ではありません。若いときは二度と来ないのだから楽しめる時には大いに楽しめ、というのです。

時代・人物を深堀りしてみよう

隠者の生活

後世には「田園詩人」「隠逸詩人」などと呼ばれるようになった陶潜。今日では詩人として高く評価されているが、初めは隠者として評価された。当時の貴族社会では地味な詩だったので高い評価は得られず、その真価が見直されるようになったのは唐代になってからである。では、当時の隠者は世間からどのように見られていたのだろうか?

隠者は世俗から離れて、自給自足しながら悠々自適に生活する、言わば世捨て人であった。

彼らは、隠遁者、高士などとも呼ばれ、時の政治への暗黙の批判者としてその存在が認められており、為政者は隠者を尊重することによってその度量の広さを示した。

そこで、出世が望めなかった人が、第二の人生のチャンスとして、隠者になって名声を得たり、あるいは初めから隠者になって名声を得て出世しようという、出世の手段ともなっていた。魏末晋初の竹林の七賢の中にも、隠者から出世した人がいる。

2 満たされぬ心の癒しを大自然に求めた謝霊運の詩

謝霊運《しゃれいうん》［南朝・宋］385年～433年

南朝宋、陳郡陽夏（河南省）の人。康楽侯に封ぜられたので謝康楽とも言う。

謝氏の家柄は、南朝屈指の名門で六朝時代を代表する超一流の大貴族。祖父の謝玄は晋の将軍である。霊運は、そうした家系に生まれ、学問を好み、特に文才に優れた。若いころから政治の世界に大きな希望と志を持っていた。しかし、運悪く王朝の交代期に遭遇し、東晋滅亡後に新たに成立した宋王朝では、朝廷からその家柄と文才にふさわしい職を与えられたが、生来の横柄な性格が災いして周囲との摩擦を引き起こし、その結果、永嘉《えいか》（浙江省温州市）の太守に左遷された。やがて政治に対する不満から職を辞し、会稽《かいけい》（浙江省）の荘園領主として祖父の代からの莫大な資産を使って豪奢な生活を送った。しかし、その生活ぶりがあまりにも常識外れだったため、世人の誤解と誹謗を受け、謀反の嫌疑がかけられて結果的に処刑された。

コツ13

煩わしい世俗から解放され 自然の美しさを心から詠う詩を鑑賞する

石壁精舎還湖中作／石壁精舎《せきへきしょうじゃ》より湖中《こちゅう》に還《かえ》る作《さく》

詩形 五言古詩

前編

（ ）は句の順番。 ■は押韻

（1）昏旦變氣候
（2）山水含清**暉**
（3）清暉能娯人
（4）遊子憺忘**歸**

昏旦《こんたん》に気候《きこう》変《へん》じ
山水《さんすい》清暉《せいき》を含《ふく》む
清暉《せいき》能《よ》く人《ひと》を娯《たのし》ましむ
遊子《ゆうし》憺《やす》んじて帰《かえ》るを忘《わす》る

前編

大意

ここ石壁精舎の辺りは夕暮れと朝とでは大自然の情景が違い、山も水も清らかな光を帯びている。

この清らかな光の変化はよく人を楽しませ、ここに遊びに来た人はその情景に心を奪われて帰るのも忘れてしまうほどだ。

言葉の意味

石壁精舎：謝霊運が故郷の始寧《しねい》（今の浙江省上虞《じょうぐ》付近）に建てた書斎。

湖中：湖は巫湖《ふこ》。

昏旦：夕暮れと朝。

山水：山も水も。自然を言う。

清暉：清らかな光。

娯：楽しませる。

遊子：通常は旅人のことを言うが、ここでは単に遊びに来た人。作者自身を言っているとも取れる。

憺：気持ちが落ち着いているさま。

中編

（ ）は句の順番。　　は押韻

（5）出谷日尚蚤

（6）入舟陽已微

（7）林壑斂暝色

（8）雲霞收夕霏

（9）芰荷迭映蔚

（10）蒲稗相因依

谷を出《い》でて日《ひ》尚《なお》早《はや》く
舟に入《い》りて陽《ひ》已《すで》に微《び》なり
林壑《りんがく》暝色《めいしょく》を斂《おさ》め
雲霞《うんか》夕霏《せきひ》を収《おさ》む
芰荷《きか》迭《たがい》に映蔚《えいい》し
蒲稗《ほはい》相《あい》因依《いんい》す

中編

大意

谷を出て遊びに出かけたのは、陽もまだ昇らない早い時刻だったが、遊び終わって舟に乗ろうとするころには、すっかり夕暮れどきで、太陽がかすかに見える。

林や谷が夕暮れどきの色を吸い込むかのように、だんだんと暗くなってゆき、雲や霞が夕暮れどきの輝きを吸い込むかのように、暗くなって消えてゆく。

残照の中で、ヒシやハスなどの水草が互いに照り映えて美しく、ガマやヒエが互いに寄り添い合っている。

言葉の意味

蚤：早い。
林壑：林や谷。
暝色：夕暮れどきの色。
斂：おさめる。
雲霞：雲と霞《かすみ》。
夕霏：夕暮れどきの輝き。
芰荷：水草の類。「芰」はヒシ、「荷」はハス。
迭：かわるがわる。
映蔚：照り映える。
蒲稗：水草の類。「蒲」はガマ、「稗」はヒエに似た水草。
相：互いに。
因依：寄り添い合う。

後編

（ ）は句の順番。 ■は押韻

(11) 披拂趨南徑

(12) 愉悅偃東**扉**

(13) 慮澹物自輕

(14) 意愜理無**違**

(15) 寄言攝生客

(16) 試用此道**推**

披払《ひふつ》して南径《なんけい》に趨《おもむ》き

愉悦《ゆえつ》して東扉《とうひ》に偃《ふ》す

慮澹《りょしず》かにして物自《ものおのず》から軽《かろ》く

意愜《いかな》いて理違《りたが》う無《な》し

言《げん》を寄《よ》す摂生《せっせい》の客《かく》

試《こころ》みに此《こ》の道《みち》を用《もっ》て推《お》せ

後編

大意

舟から降りて、草木を払いのけて南の小道を進んでゆき、楽しい思いに浸りながら東の部屋に辿り着いて身を横たえた。

世俗の煩わしいことなどへのさまざまな想いが吹き飛んで、心が静かになると自然と気持ちが軽くなる。わが心はすっかり満足して、自らの本性と違うことは何ひとつない。

養生して長生きしようと努力している人にちょっと言ってやろう。試しに、このような生き方をしてごらんと。

言葉の意味

披払：行く手を妨げる草木を払いのける。
南径：南の小道。
愉悦：楽しんだり、喜んだりすること。
東扉：東の部屋。
慮澹：心から欲が消え、心が静かなこと。
物：世間の煩わしいことやもの。
軽：苦にならなくなること。
意：自分の心。
愜：満足すること。
理：自らの本性。
摂生客：養生して長生きしようと努力している人。
此道：（謝霊運が行っている）生き方の意。

詩の最後の二句に、謝霊運の思いが集約されています。俗世であくせくしている人たちに、美しい自然の中で気ままに生きてみたらどうかねと。

観賞のポイント 1

全体の構成は、十句目までは自然描写で、その後の二句は自らの行動、そして十三句目からは自分の考えを述べています。前半は自然描写、後半は自らの考えという構成は謝霊運の作品に多いパターンです。

観賞のポイント 2

優れた自然描写で詩全体の味わいを深めています。「林壑瞑色を斂め　雲霞夕霏を収む」といった刻一刻と変化する光景を的確に表現できるのは、自然を見つめ、その美を追求する心が無くては決してできません。謝霊運から自然が美しいものとして表現されるようになったと言われる所以です。

観賞のポイント 3

最後の二句には、人間としての本性にかなった生き方がしたければ、自分と同じように大自然の中で生きるべきだと言っています。陶潜の「飲酒」（P29）に通うものがあります。

時代・人物を深堀りしてみよう

望族だった謝霊運

謝氏は六朝期を代表する大貴族。王・謝と並称された南朝随一の貴族の家系。曽祖父の兄弟には東晋の名宰相謝安がいた。

こうした名家、具体的には、六朝・隋・唐の各時代の名族を「望族《ぼうぞく》」と呼んだ。漢字の意味は、「望」は人々から羨望の眼差しで見られるという意味で、「門望」（声望のある家柄）といった言葉とともに、その個人やその家固有の価値を表わす言葉としてよく用いられた。

望族は、一般的には高級官僚を輩出した門閥貴族のことを表わしていたが、勉学に励むとともに徳行をつんで地域社会をまとめ、その人々の指導に努めた人やその家柄を言うときにも使われた。

3 自分に正直すぎて人生を誤った天才・王勃の詩

王勃《おうぼつ》［初唐］ ６４９年～６７６年

絳州竜門《こうしゅうりゅうもん》（山西省河津県）の人。字《あざな》は子安《しあん》。

祖父に王通《おうとう》（隋末の思想家）、大叔父に王績（王通の弟）（隋末初唐の詩人）をもつ。6歳ですばらしい文章を綴り、9歳で顔師古《がんしこ》（初唐の学者）が書いた注（顔師古注／『漢書《かんじょ》』／後漢の服虔《ふくけん》、応劭《おうしょう》以来の諸家の注釈を集成した文章）を読んでその間違いを指摘するなど、神童と言われた。

高宗（唐朝第3代の皇帝）の子の沛王《はいおう》の府に招聘《しょうへい》されて修撰（史書の監修役）という職についたが、そこで書いた檄文《げきぶん》（ふれ文／闘鶏をテーマにして諸王の批判を書いた）で高宗の怒りに触れて免職となった。王府を追われて蜀（四川省）を旅した際に盧照鄰《ろしょうりん》（王勃と共に初唐の四傑の一人）に出会った。その後、虢《かく》州《しゅう》（河南省霊宝県）参軍（部長）となったが、同僚とは合わなかった。折しも犯罪者をかくまって、その露見を恐れて自らが殺してしまうという事件を起こしてしまう。その事件が発覚した際に死刑の判決を受けたが恩赦に遇い許された。この事件によって役人であった父が連座して交趾《こうち》（今のベトナムのハノイ付近）の知事に左遷された。流浪の身となった王勃は、父を訪ねて行く旅の途中で海に転落して死んだ。

享年28歳。初唐の四傑《しけつ》と呼ばれる。詩「滕王閣《とうおうかく》」が代表作。『王子安集』18巻がある。

コツ14

望郷の念を詠う詩を鑑賞する

蜀中九日／蜀中九日《しょくちゅうきゅうじつ》

詩形 七言絶句

■は押韻

九月九日望鄉**臺**
他席他鄉送客**杯**
人情已厭南中苦
鴻雁那從北地**來**

九月九日《くがつここのか》望郷台《ぼうきょうだい》
他席《たせき》他郷《たきょう》客《かく》を送《おく》るの杯《はい》
人情《にんじょう》已《すで》に厭《いと》う南中《なんちゅう》の苦《く》
鴻雁《こうがん》那《なん》ぞ北地《ほくち》より来《きた》る

大意

九月九日、望郷台に登った。このよその土地で、折しも重陽の節句の祝いと友人の送別会が重なり、盛んに杯が交わされた。

私は、ここ蜀でのつまらない生活にはもうあきあきした。(はやく故郷に帰りたい…) それなのに、あそこに見える雁は、どうしてわざわざ北(故郷の方向) からこの地にやってくるのだろう。

言葉の意味

九月九日：陰暦九月九日、重陽の節句。高台に登り酒宴を開く習慣があった。
望郷台：玄武山《げんぶさん》(蜀の東部) にある高台の名とされる。(確証がなく諸説がある)
他席他郷：よその土地での宴席。
送客杯 (客を送るの杯)：送別会。
人情：「人」は作者自身を指す。私の気持ち。
已厭：もうあきあきした。
南中：南の土地。ここでは蜀の地を指す。
苦：ここでは、つまらなさを表わす。
鴻雁：秋になると南方の地へ渡ってくる大きな雁《ガン》。
那：どうして。
北地：北の地方。都の長安および王勃の生まれ故郷である山西省を指す。

観賞のポイント 1

沛王の修撰だった王勃が、その職を失ったあと蜀（四川省）を旅した。この詩は、その際に出会った盧照鄰《ろしょうりん》や邵大震《しょうだいしん》とともに、重陽の節句（九月九日）に高台に登り、邵大震の送別会を兼ねて行った酒宴の際に詠んだものです。

観賞のポイント 2

前半の二句と後半の二句が対句になっています。対句とは、句を強調するために、形や語感が似たペアの句を作る技法です。ペアとなる句は、文法構造や用いている文字が呼応しているなどの特徴があります。前半の二句が対句、また後半の二句が対句の詩を、全対格《ぜんついかく》と言います。

観賞のポイント 3

後半の二句で、北に帰りたい自分と、わざわざ北からやってくる鴻雁を対比させて、作者自身の望郷の念がより強調されています。

時代・人物を深堀りしてみよう

初唐《しょとう》の四傑《しけつ》

初唐期、高宗や則天武后が支配した時代に輩出したすぐれた四人の詩人を指す。

具体的には、王勃《おうぼつ》（６４９年〜６７６年）、楊炯《ようけい》（６５０年〜６９５年［没年不詳］）、盧《ろ》照鄰《しょうりん》（６３７年〜６８９年）、駱賓王《らくひんのう》（６４０年［生年不詳］〜６８４年［没年不詳］）（P58参照）のことを言う。略して王楊盧駱とも言う。この「四傑」という呼称は、当時彼らが生存している時点で呼ばれていたと思われる。彼らに共通する点は、官僚の世界ではさほど活躍することができず、むしろ不遇な一生を送ることとなったが、詩の世界では新たな詩風を確立し、その斬新な題材と情感の豊かさによって人々の賞賛を受けた。

四傑の中で、王勃にはとりわけ優れた作品が多く、四傑の代表とされている。

コツ 15

古《いにしえ》の感傷に浸る詩を鑑賞する

滕王閣／滕王閣《とうおうかく》　**詩形**　七言古詩

前編

（　）は句の順番。■は押韻

（1）滕王高閣臨江**渚**

（2）珮玉鳴鸞罷歌**舞**

（3）畫棟朝飛南浦雲

（4）珠簾暮捲西山**雨**

滕王《とうおう》の高閣江渚《こうかくこうしょ》に臨《のぞ》み

佩玉鳴鸞《はいぎょくめいらん》歌舞《かぶ》罷《や》みぬ

画棟《がとう》朝《あした》に飛《と》ぶ南浦《なんぽ》の雲《くも》

珠簾《しゅれん》暮《くれ》に捲《ま》く西山《せいざん》の雨《あめ》

前編

大意

滕王の高閣は贛江《かんこう》の波打ちぎわにそびえ建っている。かつては貴人が飾りとして腰帯に下げた玉や天子の車に付いている鈴などがきらびやかに見え、美しい女官たちが華やかに歌ったり踊ったりしたであろうに、今はもうない。

朝には、彩色した美しい棟木の上を南浦の雲が横切っていったであろう。夕暮れどきには、たますだれを巻き上げて西山に降る雨を望んだであろう。

言葉の意味

滕王高閣：太宗（唐朝の第2代皇帝）の弟で滕王に封ぜられた李元嬰《りげんえい》が洪州《こうしゅう》（今の江西省南昌市）都督のときに建てた楼閣。
江渚：贛江《かんこう》（江西《こうせい》省の最大の川）の波打ちぎわ。
佩玉：貴人が飾りとして腰帯に下げた玉。
鳴鸞：天子の車に付いている鈴。
罷歌舞（歌舞罷む）：歌や踊りは今はもうない。
画棟：彩色した美しい棟木《むなぎ》。
朝飛：朝ごとに飛び交う。
南浦：南の船つき場の入り江。
珠簾：たますだれ。
暮捲：夕暮れにすだれを巻き上げること。
西山：南昌の西にある南昌山のこと。

後編

（　）は句の順番。　［網掛け］は押韻

（5）閑雲潭影日悠悠

（6）物換星移幾度秋

（7）閣中帝子今何在

（8）檻外長江空自流

閑雲潭影《かんうんたんえい》日《ひ》に悠悠《ゆうゆう》

物《もの》換《かわ》り星《ほし》移《うつ》り幾度《いくたび》の秋《あき》ぞ

閣中《かくちゅう》の帝子《ていし》今《いま》何《いず》くにか在《あ》る

檻外《かんがい》の長江《ちょうこう》空《むな》しく自《おのず》から流《なが》る

後編

大意

日ごと日ごとに静かに流れゆく雲、変わらぬ深いよどみの色がのどかな様子をかもし出す。

歳月が経ち、万物が移ろい、いったい幾たびの秋が過ぎたことか。

楼閣におられた皇子は今どこにいるのだろうか？ 手すりの外を今も滔滔《とうとう》とむなしく 江が流れている。

言葉の意味

閑雲：静かに流れてゆく雲。

潭影：深い淵の色。

日：日ごと日ごとに。

悠悠：のどかなさま。

物換：万物の移ろいのこと。

星移：星が動く、すなわち歳月が経つこと。

帝子：帝《みかど》の子、すなわち滕王李元嬰を指す。

檻外：手すりの外。

長江：通常は揚子江を指すが、ここでは長い川、すなわち贛江《かんこう》を指す。

第五句と第八句は対象を的確に描写して核心を大胆に詠っています。漢詩の新境地を開きました。

観賞のポイント 1

王勃が父を訪ねる旅の途中のこと、すでに荒廃したこの楼閣を、ときの洪州都督・閻伯嶼《えんはくしょ》が修復した際に、その修復完了を祝した落成記念の宴会の場で詠われた詩です。この詩の出来栄えに参加者すべてが驚嘆したと言われています。

観賞のポイント 2

第三句（畫棟朝飛南浦雲）と第四句（珠簾暮捲西山雨）には美しい風景が繊細に描写され、六朝時代の詩風が引き継がれています。

観賞のポイント 3

第五句（閑雲潭影日悠悠）と第八句（檻外長江空自流）のように、心に感じた情景を大胆に詠う詩風は、この時期には画期的であり、以降の盛唐期に引き継がれていきます。

時代・人物を深堀りしてみよう

唐時代の詩（唐詩）の幕開け

王勃をはじめとする四傑らの活躍によって、唐時代には、絶句、律詩などの近体詩が完成し、歴史上で最も優れた作品が数多く生み出され、詩（唐詩）は、当時の文化活動の中で、他のジャンルを圧倒する黄金期を迎えた。

唐詩がそのように隆盛した主な背景には、科挙の進士科の試験科目に詩の創作が課せられたからだ。当時の詩人の多くは、その前の六朝時代の特権的貴族階級ではなく、進士（※）出身の知識人官僚であった。唐代の詩を網羅した『全唐詩』には5万首近くの作品が収載され、作家の数は約2,300名に達している。

唐詩は、遠く離れた当時の日本の貴族や文化人にも大きな影響を及ぼした。

（※）進士：科挙の試験制度（二段階選抜式）の中で、予備試験を通過した者や、礼部が行う貢挙《こうきょ》試験を通過した者のこと。

4

唐王朝時代

時の権力者を恐れぬ硬骨漢、悲劇の詩人駱賓王の詩

駱賓王《らくひんのう》［初唐］

640年(?)〜684年(?)

婺州義烏《ぶしゅうぎう》（浙江省金華府義烏県《せっこうしょうきんかふぎうけん》）の人。字は不詳。高宗統治下では武功（陝西《せんせい》省武功県）、長安の主簿を歴任。その一方で、政治の実権を握り出した皇后の則天武后《そくてんぶこう》に対してしばしば上書して諫《いさ》めた。その後高宗が死んで則天武后が政治の実権を完全に握ると、駱賓王は臨海（浙江省臨海県）の丞《じょう》に左遷され、不満を抱き、これを最後に官を辞職した。

684年、武后の皇帝即位に反対して徐敬業が兵をあげるとこれに加わり、檄《げき》文を書いて天下に呼び掛けた。その檄文の一部「一抔《いっぽう》の土未《いま》だ乾かざるに、六尺《りくせき》の孤《こ》安《いず》くにか在る」（大意：陵墓の土がまだ乾ききらないのに、先帝の遺児は今何処に行ったのか）は名文として知られる。これを読んだ武后は、駱賓王の文才を惜しんだと言われる。

同年冬、徐敬業が敗れるとともに死んだと伝えられるが、逃れて僧侶《そうりょ》になったという説もある。

コツ16

決死の覚悟で去る盟友を見送る詩を鑑賞する

易水送別／易水送別《えきすいそうべつ》

詩形 五言絶句

■は押韻

此地別燕**丹**
壮士髪衝**冠**
昔時人已歿
今日水猶**寒**

此《こ》の地《ち》燕丹《えんたん》に別《わか》る
壮士《そうし》髪《はつ》冠《かんむり》を衝《つ》く
昔時《せきじ》人《ひと》已《すで》に没《ぼっ》し
今日《こんにち》水《みず》猶《な》お寒《さむ》し

大意

かつてここ易水のほとりは、荊軻《けいか》が彼を見送った燕の太子・丹やその食客たちと別れた場所。彼ら壮士は慷慨して怒髪は逆立って冠を押し上げたという。

　そんな昔の人たちはすでにこの世にはいない。しかし、今日のこの別れの日にも当時と変わらず易水の水は寒々と流れている。

言葉の意味

易水：河北省易県《かほくしょうえきけん》の付近から発する川で、東南に流れて大清河に合流する。
此地：易水のほとり。
燕丹：戦国時代の燕（国）の太子、丹のこと。
壮士：意気盛んな人のことで、ここでは燕の忠臣・荊軻《けいか》や彼を見送る丹および丹の食客《しょっかく》とする。（荊軻を指すという説もある）
髪衝冠（髪冠を衝く）：激しく怒るさま。
今日：（易水のほとりで）盟友の徐敬業《じょけいぎょう》を送別する日
寒：冷たい。

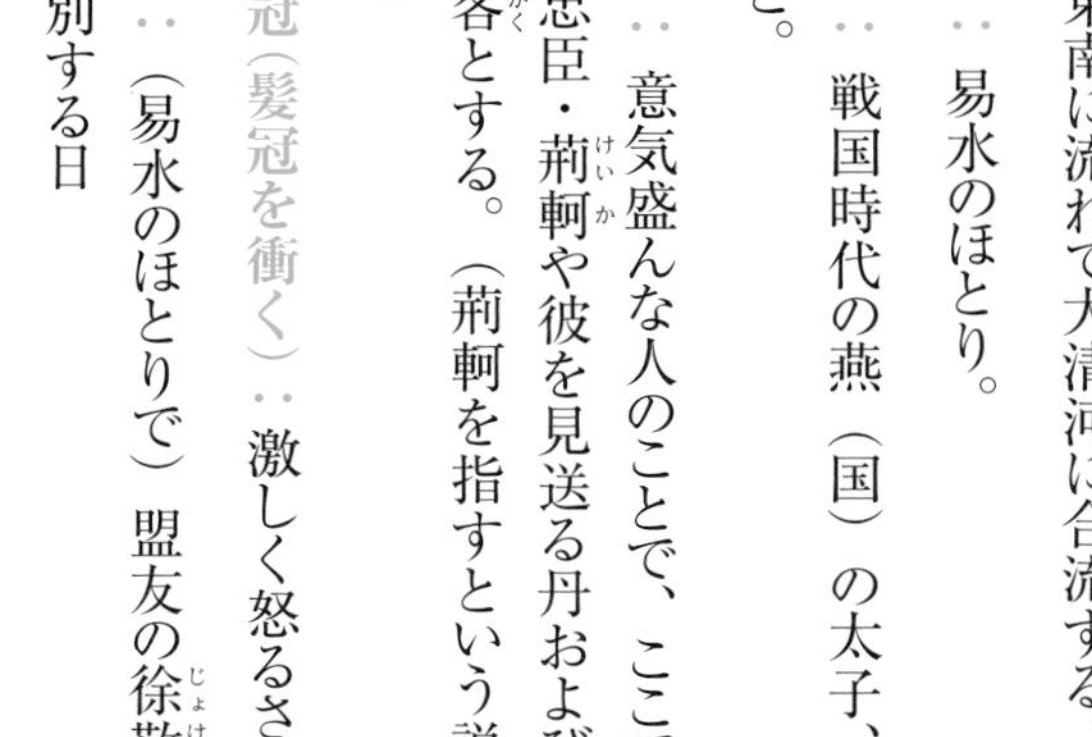
歴史の故事を踏まえて、友を厳粛に見送ります。もう後には引けないという作者の強い決意も感じられます。

観賞のポイント

「易水で人を見送る」と言えば思い出されるのが「荊軻の故事」です。この詩では前半の二句でそのときの情景を述べています。

故事となった話は、『戦国策』や『史記』の「刺客列伝」に描かれています。紀元前三世紀ごろのことです。

当時秦《しん》に人質となっていた燕の太子・丹《たん》は、秦王（始皇帝）の自分に対する待遇があまりにもひどかったので燕に逃げ帰ってきていました。そして、秦王の暗殺を考え、燕の食客であった荊軻に暗殺を依頼します。

荊軻が秦へと旅立つとき、送別の場となった易水《えきすい》のほとりで荊軻が「易水送別」の詩を歌うと、怒髪が冠を衝き、人々はみな涙を流したと言います。

「風蕭々として易水寒し、壮士一たび去って復た還らず」（大意：風は物寂しげに吹き、易水の流れは冷たいままだ。壮士はここを旅立ってしまうと、もう生きて帰ってくることはない）

結局、暗殺は失敗し、荊軻も殺されてしまいました。

駱賓王がこの故事を思い浮かべながら詩を作った心の内に、もう後へは引けないという覚悟があったことがうかがえます。

時代・人物を深堀りしてみよう

武則天（則天武后）が支配する時代に生きた駱賓王

武則天（則天武后）（６２４年頃〜７０５年）は、唐の二代皇帝太宗の側室であったが、彼が亡くなると尼寺にこもった。その後、三代目高宗から求められて彼の后《きさき》の位についた。

病弱な高宗は、武后に政治の多くを託すようになり、皇帝に代わって政務をとるようになった武后は、高宗の死後、わが子中宗・睿《えい》宗を次々に帝位につけた。が、間もなく彼らを帝位から引き下ろし、６９０年、国号を周と改め、自ら聖神皇帝と称した。中国史上唯一人の女帝である。高宗の皇后であった時期を含めて約50年間、専制独裁的実権を握った。

なお、７０５年、張柬之《ちょうかんし》らが武則天（則天武后）が病衰の身になったことに乗じて、専横を極める取り巻き一味を排除し、中宗を復位させ、国号は再び唐となった。

堅実で繊細、写実に優れた杜甫の詩

杜《と》甫《ほ》［盛唐］ 712年〜770年

襄陽（湖北省）の人。字は子美《しび》。少陵と号した。役職から杜工部とも呼ばれる。代々官吏の家に生まれる。祖父は初唐の詩人・杜審言《としんげん》。

7歳の頃から詩を作りはじめたという。20歳から35歳ころにかけて呉・越・斉・趙の間を遊歴し、李白・高適らと交わりを持った。何度か科挙を受験するが及第せず、長安で困窮生活を送った。44歳で下級官吏となるが、安禄山の乱に遭い、翌年賊軍に捕えられ長安に軟禁された。その後脱出して皇帝・粛宗《しゅくそう》に拝謁し、左拾遺（天子の落ち度を諫める官）として任官する。しかし、47歳のとき、華州（陝西省）に左遷される。そこで大飢饉に遭い、官を捨て妻子を伴って流浪の旅に出る。48歳のとき、成都（四川省）にたどりつき、翌49歳のときに浣花草堂《かんかそうどう》を建てて54歳まで住んだ。その後、家族とともに成都を離れ、貧困と病苦に悩まされながら、旅の途中59歳で没した。杜甫はあらゆる詩形に通じ、古詩・律詩を得意とした。詩集に『杜工部集』がある。

コツ 17

名馬の名馬たるゆえんを詠う詩を鑑賞する

房兵曹胡馬／房兵曹《ぼうへいそう》の胡馬《こば》

詩形 五言律詩

前編

（　）は句の順番。　■は押韻

（1）胡馬大宛**名**
（2）鋒稜痩骨**成**
（3）竹批雙耳峻
（4）風入四蹄**輕**

胡《こ》馬《ば》大《たい》宛《えん》の名《な》
鋒《ほう》稜《りょう》痩《そう》骨《こつ》成《な》る
竹《たけ》批《そ》いで双《そう》耳《じ》峻《するど》く
風《かぜ》入《い》って四《し》蹄《てい》軽《かろ》し

前編

大意

この胡《えびす》の馬は、名馬の産地である大宛の名に恥じない。その馬体は、肉が落ちてやせて刃物の先端のように角ばっている。

両耳はまるで竹を削《そ》いだように尖り、風を吸い込むかのように走る四つの蹄《ひづめ》のなんと軽やかなことか。

言葉の意味

胡馬：北方の胡《えびす》の馬のこと。

大宛：中央アジアのフェルガナ地域にある国名で、名馬の産地として知られる。

鋒稜：刃物の先端のように角ばっていること。

痩骨：肉が落ちて骨ばった体。（良馬として評価された）

竹批：「批」は削るという意味で、尖った耳の形容。

双耳：両耳。

後編

（　）は句の順番。　は押韻

（5）所向無空闊
（6）眞堪託死生
（7）驍騰有如此
（8）萬里可横行

向《むか》う所《ところ》空闊《くうかつ》無《な》く
真《しん》に死生《しせい》を託《たく》するに堪《た》えたり
驍騰《ぎょうとう》此《かく》の如《ごと》き有《あ》り
万里《ばんり》横行《おうこう》すべし

後編

大意

どこへ行こうと空間がまるで無いかのように速く走り、まことに騎乗する者の生死を託せるほど信頼できる名馬だ。

この馬はこのように勇ましく強い。だからどんな遠くでも、この馬に乗って自由に駆け回ることができよう。

言葉の意味

所向：どこへ行こうと。
空闊：空間。
驍騰：馬が勇ましく強いさま。
横行：自由に駆け回ること。

戦乱が続くこの時代、馬の善し悪しは人の生死に直結します。この詩では命を預けることのできる名馬について具体的に詠っています。

観賞のポイント 1

第二句〜第四句に、駿馬の条件と走る様子が具体的に詠まれています。贅肉の無いスッキリとした馬体を「鋒稜」、素早い動きのできる馬の耳を「竹批」と表現し、その疾駆する様子を「風が四つの蹄に吸い込まれるようだ」と言います。実に見事な描写です。

観賞のポイント 2

第五句の「所向無空闊」（向う所空闊無く）という表現で、その馬が走るスピードがどれほどのものかを余すことなく伝えています。

観賞のポイント 3

馬の持ち主にとって何と言っても最大の関心事は、戦場をともにしたときに、果たして自分の命を預けることができるかどうかです。その点で、第六句の「眞堪託死生」（真に死生を託するに堪えたり）という言葉は安心感と心強さを与え、読み手の心に響きます。

時代・人物を深堀りしてみよう

杜甫と馬

杜甫は馬好きで知られる。杜甫の詩の中には馬を題にした作品が複数ある。例えば、「高都護驄馬行／高《こう》都《と》護《ご》の驄《そう》馬《ば》行《こう》」（七言古詩）がある。

高とは、唐の武将、高仙芝《こうせんし》（詳細不明〜755年）のことで当時の名将の名前。都護は西域の辺境の鎮護にあたる官名で、驄馬行の驄馬とは、青と白の毛の混じった葦毛《あしげ》の馬のこと。行は歌や曲という意味で、驄馬行は楽府題の一つである。

その詩の中で、

此馬臨陣久無敵／此《こ》の馬陣《うまじん》に臨《のぞ》んで久《ひさ》しく敵無《てきな》く
與人一心成大功／人《ひと》と心《こころ》を一《いつ》にして大功《たいこう》を成《な》せり
（大意：この馬は戦場にあって長い間無敵であり、主人と心を合わせて大きな戦功をあげたのだ）

と、思いを込めて馬を絶賛する詩を作っている。

コツ18

戦乱を避けて疎開している妻子を詠う詩を鑑賞する

月夜／月夜《げつや》

詩形 五言律詩

前編

（　）は句の順番。■は押韻

（1）今夜鄜州月

（2）閨中只獨**看**

（3）遙憐小兒女

（4）未解憶長**安**

今夜《こんや》鄜州《ふしゅう》の月《つき》
閨中《けいちゅう》只《た》だ独《ひと》り看《み》るならん
遥《はる》かに憐《あわ》れむ小児女《しょうじじょ》の
未《いま》だ長安《ちょうあん》を憶《おも》うを解《かい》せざるを

前編

大意

今夜、妻は鄜州の自分の寝室の中からたった独りでこの月をしみじみ眺めていることだろう。

はるかに愛おしく思うのは、まだ幼い息子や娘たちが、父の私が長安で囚われの身であることが理解できないでいることだ。

言葉の意味

鄜州：現在の陝西省鄜県《せんせいしょうふけん》。長安の北方にあり、杜甫の妻子が疎開していた所。

閨：夫人の寝室。

只独看：独りで看るしかない状態で、ただひたすら看る。

遥憐：いとおしく思う。「憐」は、あわれむ、かわいそう、ではない。

小児女：幼い息子や娘たち（「児」は男の子のこと）。

未解：まだ～理解できない。

後編

（　）は句の順番。

■は押韻

（5）香霧雲鬟濕

（6）清輝玉臂**寒**

（7）何時倚虚幌

（8）雙照涙痕**乾**

香霧《こうむ》に雲鬟《うんかん》湿《うるお》い
清輝《せいき》に玉臂《ぎょくひ》寒《さむ》からん
何《いず》れの時《とき》か虚幌《きょこう》に倚《よ》り
双《とも》に照《て》らされて涙痕《るいこん》乾《かわ》かん

後編 大意

髪は寝室に流れ入る夜霧にしっとりとうるおい、清らかな月の光が、妻の玉のようにつややかな腕《かいな》を冷たく照らしていることだろう。

ああ、いつになったら夫婦2人が部屋のカーテンに寄り添い、月光に照らされて再会の喜びの涙が乾くまで月を眺める日が来るのだろうか。

疎開先で独りで月を眺めているであろう妻を宮女のように美しく描き、再会したら嬉し涙が乾くまで2人で月を眺めようと詠います。

言葉の意味

香霧：夜霧。夜霧を美しく表現した。

雲鬟：雲のように豊かに結われたまげ。

清輝：清らかな光。

玉臂：玉のようにつややかな腕。「臂」は腕、かいな。「ひじ」ではない。

何時：いつになったら。

虚幌：人気《ひとけ》のない部屋のカーテン。

倚：もたれる。

双照：夫婦二人が月光に照らされるの意。

涙痕乾：涙のあとが乾《かわ》く。

観賞のポイント 1

当時、安禄山の乱（コラム参照）の中で、その賊軍に捕らえられて長安に軟禁された状況下、杜甫が45歳の秋に詠んだ詩です。

第二句の「閨中只獨看／閨中只だ独り看るならん」は、自分が妻を想う気持ちを、逆に、妻が自分を思いながら月を見ているだろうと想像して詠んでいます。悲哀感がより一層読み手の心に迫ります。

観賞のポイント 2

頸聯で、妻の美しさを表現しています。今すぐにでも妻に会いたい。妻への強い想いが妻を美化する表現につながったのでしょう。

観賞のポイント 3

尾聯で、妻への思いが一層高まります。技法面では、首聯の「独」と尾聯の「双」とが照応しているのが分かります。それぞれ離れて「独り」で見ている月を、いつになったら「双《ふた》り」で見ることができるだろうか、と。

時代・人物を深堀りしてみよう

安禄山《あんろくさん》の乱（755年）

安禄山は人名で、この内乱を安史の乱（755年～763年）とも言う。安禄山は唐の玄宗皇帝の信任を得て胡《こ》人（西域地方の異民族のこと）の身から、地方の軍政・行政をつかさどる節度使（范陽の節度使）になった。しかしそののち、宰相の楊国忠との対立から、安禄山は范陽で反旗を翻し、翌756年、洛陽で燕を建国し、雄武皇帝として即位した。ここでしばらくの間（763年まで）、燕国が存続することになるが、それを許したのは唐朝廷側の内部抗争であった。拡大する燕の勢力に危機感を抱き、玄宗は長安を捨て蜀の地へ逃亡した。そして唐の皇太子李亨が霊武において粛宗として皇帝に即位し、反撃の態勢を整えた。

一方の燕では、安禄山とその臣下との間で後継者をめぐる対立が生まれ、その結果、皇帝即位から1年足らずで、安禄山は子の安慶緒《あんけいしょ》に殺され、安慶緒は史思明に殺され、史思明はその子の史朝義に殺され、燕は763年で消滅した。

コツ 19 尊敬してやまない諸葛孔明を詠う詩を鑑賞する

蜀相／蜀相《しょくしょう》

詩形 七言律詩

前編

（ ）は句の順番。 は押韻

（1）丞相祠堂何處**尋**
（2）錦官城外柏森**森**
（3）映堦碧草自春色
（4）隔葉黄鸝空好**音**

丞相《じょうしょう》の祠堂《しどう》何《いず》れの処《ところ》にか尋《たず》ねん
錦官城外《きんかんじょうがい》柏森森《はくしんしん》たり
堦《かい》に映《えい》ずる碧草《へきそう》自《おのず》から春色《しゅんしょく》
葉《は》を隔《へだ》つる黄鸝《こうり》空《むな》しく好音《こういん》

前編

大意

蜀の宰相・諸葛亮を祀った武侯祠は、どこに尋ねたらよいのだろうか。それは成都城外のコノテガシワの木々がこんもりと茂っているところ。

祠堂の階段に映る緑の草は、春のよそおいをこらし、葉陰に隠れたウグイスが空しくきれいな声で鳴いている。

言葉の意味

蜀相：蜀の宰相・諸葛亮《しょかつりょう》（字は孔明《こうめい》）のこと。
丞相：宰相。天子を補佐する最高位の官。
祠堂：ここでは諸葛亮を祀った武《ぶ》侯《こう》祠《し》を指す。
何処尋：どこに尋ねたらよいのか。
錦官城：四川省の成都を指す。「錦官」は、錦《にしき》を管理する役所の名。
柏：コノテガシワ。
森森：木がこんもりと茂っているさま。
堦：祠堂の階段のこと。
碧草：緑色の草。
春色：春の景色。
隔葉：葉陰。
黄鸝：コウライウグイス。
好音：きれいな音色。

後編

（　）は句の順番。　■ は押韻

（5）三顧頻繁天下計
（6）兩朝開濟老臣心
（7）出師未捷身先死
（8）長使英雄涙満襟

三顧《さんこ》頻繁《ひんぱん》なり天下《てんか》の計《けい》
兩朝開済《りょうちょうかいさい》す老臣《ろうしん》の心《こころ》
出師《すいし》未《いま》だ捷《か》たざるに身《み》は先《ま》ず死《し》し
長《とこしえ》に英雄《えいゆう》をして涙襟《なみだえり》に満《み》たしむ

後編 大意

その昔、劉備は孔明に天下統一の計画を相談するため、何度も草堂を訪れ、軍師になって欲しいと懇願した。孔明は心動かされ、劉備、劉禅の二代にわたって仕え老臣の真心を尽くした。

しかし孔明は、魏への討伐軍を出して、まだ戦いの勝敗が決まらないうちに死んでしまい、永遠に後世の英雄たちの襟を涙で濡らすことになった。

言葉の意味

三顧：諸葛亮（孔明）がまだ隠棲していたとき、劉備がその草堂を幾度も訪ねて軍師になって欲しいと懇願した故事。三顧の礼。「三」は何度も。

頻繁：しばしば。

天下計：劉備が孔明に天下統一の計画を相談したこと。孔明が劉備に天下三分の計を説いたとする説もある。

両朝：先主劉備と後主劉禅の二代の朝廷を指す。

開済：劉備とともに国の基礎づくりに励み、劉禅を補佐してよく国を治めたことを言う。

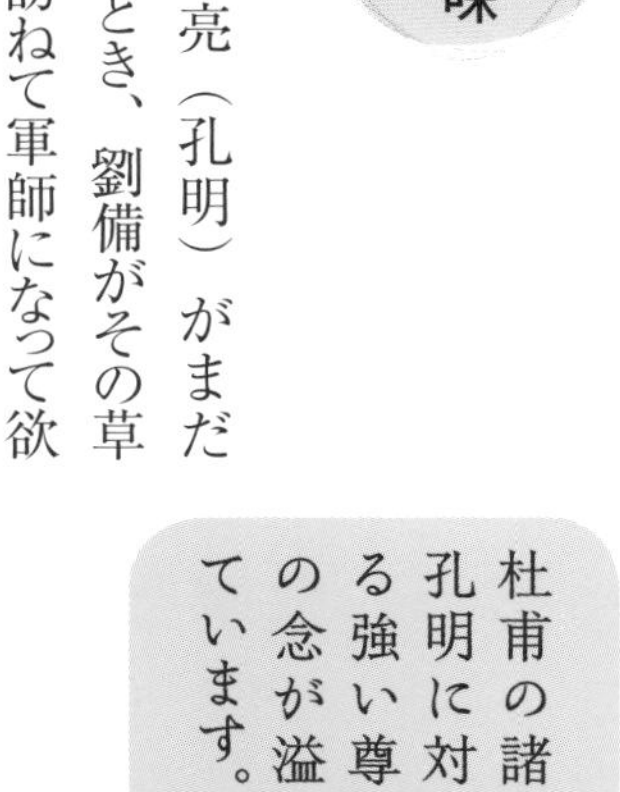
杜甫の諸葛孔明に対する強い尊敬の念が溢れています。

老臣：年をとった重臣のことで、孔明を指す。

心：真心を尽くす。

出師：「師」は軍隊のことで、軍隊を出すこと。「出」は「スイ」と読む。

捷：戦いに勝つこと。

長：永遠に。

涙満襟：涙が襟を濡らす。哀痛の涙がとめどなく流れることを言う。

観賞のポイント 1

759年、華州《かしゅう》地方（陝西省華県）の飢饉のため、官を捨て妻子を伴って流浪の旅に出ました。48歳のときのことです。そして成都（四川省成都市）にたどりつき、翌49歳のときに浣花草堂《かんかそうどう》を建てて住むことになりました。そんなある日武侯祠を訪ねて詠んだ詩です。

観賞のポイント 2

前半、首聯、頷聯では、「柏」、「森森」、「階」、「碧草」、「春色」、「隔葉」、「黄鸝」など具体的に廟の情景を詠んでいます。そして「森森」によって廟の厳かな雰囲気が醸しだされ、「自から春色」によって自然は人の世とは関係無く春の美しい景色であるが、ウグイスが「空しく好音」と言うことにより人の世の空しさを暗示します。

観賞のポイント 3

後半は頷聯で暗示した人の世の空しさを前面に出して詠います。「三顧」、「開済」、「老臣」、「心」と諸葛孔明の故事を具体的に描き、「長」、「涙満襟」と、後世の人々の悲しみと杜甫自身の悲しみを詠んでいます。全体が整然と構成された律詩のお手本です。

時代・人物を深堀りしてみよう

杜甫が尊敬してやまなかった諸葛孔明

諸葛亮（字が孔明で、諸葛孔明とも呼ばれる）（181年~234年）は、後漢《ごかん》の末（3世紀）に、中国を三分した魏《ぎ》・呉・蜀《しょく》の三国鼎立の時代に、劉備（昭烈帝）の軍師、宰相として蜀国の基礎づくりに励み、その後2代目の劉禅（懐帝）を補佐してよく国を治め、その手腕は高く評価されている。

207年、劉備は隠棲中（このとき、華北の戦乱を避けて荊州に隠棲）の孔明を訪ね、「三顧の礼」で軍師として迎えた話は有名。当時、孔明は27歳だった。その後、劉備の軍師となり、赤壁の戦いで孫権と連合して華北を支配した曹操（子の曹丕《そうひ》が、後漢《ごかん》の献帝から禅譲を受けて魏を建国し、文帝となったあとに「太祖武帝」と呼ばれた）を破った。その後、魏に対する北伐を数回にわたり実行した。234年、魏との五丈原《ごじょうげん》の戦いの途中で陣没した。

6

唐王朝時代

豪放磊落、自由奔放で浪漫的な李白の詩

李白《りはく》［盛唐］ ７０１年〜７６２年

蜀（四川省）の人。字は太白《たいはく》。

10歳のころ、諸子百家を読み詩を作りはじめ、19歳のころ、任侠の仲間に入ったり、峨眉山にこもって隠者と生活を共にした。25歳のとき蜀を出る。なお、この頃に孟浩然と親交があったとされる。27歳のときに安陸（湖北省）で元宰相の孫娘と結婚。その後、山東に行き、徂徠山《そらいざん》にて孔巣父《こうそうほ》らと会合し、酒をほしいままに飲む生活をし、「竹渓《ちくけい》の六逸《りくいつ》」と称された。42歳のとき、宮中に召されて長安に入った。このとき、彼の文を見た賀知章から「謫仙人《たくせんにん》」（この世に流された仙人）と称賛される。しかし、自由奔放な性格が宮廷生活に適せず、足かけ3年で職を辞し、ふたたび放浪の旅に出た。44歳洛陽で杜甫と出会い、詩を賦し酒を飲み交友を深めた。

安禄山の乱（７５５年）が勃発すると、玄宗の皇子・永王の軍に参加。永王の異母兄粛宗はこれを賊軍として追討し、李白は夜郎に流罪となった。しかし、その途上恩赦によって釈放された。晩年は当塗（安徽省）の遠縁に身をよせ、62歳で病没した。

コツ 20

旅の途中で美酒を飲んで詠った詩を鑑賞する

客中作／客中《かくちゅう》の作《さく》

詩形 七言絶句

■は押韻

蘭陵美酒鬱金香
玉椀盛來琥珀光
但使主人能醉客
不知何處是他鄉

蘭陵《らんりょう》の美酒《びしゅ》鬱金香《うつこんこう》
玉椀《ぎょくわん》に盛《も》り来《きた》る　琥珀《こはく》の光《ひかり》
但《た》だ主人《しゅじん》をして能《よ》く客《かく》を酔《よ》わしむれば
知《し》らず何《いず》れの処《ところ》か是《こ》れ他郷《たきょう》

大意

蘭陵産の美酒は、鬱金の香りを放ち、美しい杯になみなみと注げば、琥珀色に輝く。

この宿の主人が十分に私を酔わせてくれさえすれば、異郷の地にいるのにもかかわらず、ここが自分の故郷になってしまう。

香りと色が酒の美味しさを引き立てます。酒をご馳走してくれた主人へのお礼も行き届いています。気分よく酔い、ここが第二の故郷になったよと。

言葉の意味

客中：旅の途中。
蘭陵：現在の山東省棗荘《そうそう》市にあった地域の名。酒の産地。
美酒：うまい酒。
鬱金香：鬱金《うっこん》の香り。鬱金は香草の名。
玉椀：美しい杯のこと。
盛来：なみなみと注ぐの意。
琥珀：宝石の名。ここでは酒の色（黄色）の形容。
主人：宿の主人。
客：旅人。ここでは李白自身を指す。
何処：どこが。
他郷：自分の故郷ではない土地。

観賞のポイント 1

旅を続ける李白が、立ち寄った蘭陵（山東省）で詠んだ詩です。34～35歳のころに作った詩です。豊かな李白の感性が感じられます。「蘭・陵」は「ラン・リョウ」と頭がそろう双声語です。「ラ」行の双声語によって、やわらかな美酒を印象づけます。

観賞のポイント 2

第一句の「蘭陵」の蘭は香草の一種ですので、第二句の「鬱金」が照応しています。また、第一句の「酒の香」と第二句の「酒の色（琥珀色）」、さらに「玉椀」と「琥珀」も照応しており、作詩技術の高さを感じさせます。

観賞のポイント 3

第三句の「酔」が第四句の「不知」を導き出しています。酔ってしまえば、どこに居ても我が家同然で、「細かいことは気にしない」というわけです。

時代・人物を深堀りしてみよう

李白の酒好き

李白も大の酒好き。友人であった杜甫（P62）が同時代や過去の人物を含む8人の酒豪を詠んだ「飲中八仙歌／飲《いん》中八仙歌《ちゅうはっせんか》」の一節に「李白一斗詩百篇《りはくいっとしひゃっぺん》」という句がある。この意味は、「李白は一斗（約6リットル）の酒を飲めば、百篇も詩を作ってしまう」ということで、今日では故事成語として「大酒飲みだが、優れた才能を持つ人物のたとえ」に用いられている。

李白の酒に関する詩には他に、「月下獨酌／月下独酌《げっかどくしゃく》」、「金陵酒肆留別／金陵《きんりょう》の酒肆《しゅし》にて留別《りゅうべつ》す」「將進酒／将進酒《しょうしんしゅ》」、「山中與幽人對酌／山中《さんちゅう》にて幽人《ゆうじん》と対酌《たいしゃく》す」などが残されている。

「月下獨酌」は、月と影とを相手にして飲んでいるさまを、「金陵酒肆留別」は、若者たちと別れの宴席での惜別の情を、また、「將進酒」は酒への賛歌を、「山中與幽人對酌」は、隠者と2人で世俗を離れてのんびりと心行くまで酒を飲むさまを詠んでいる。いずれも、李白が酒をこよなく愛し、独りでも複数の人とでも存分に楽しんでいたことがひしひしと伝わってくる。

コツ21

廃墟となった宮殿に古を思い詠った詩を鑑賞する

越中覽古／越中覽古《えっちゅうらんこ》

詩形 七言絶句

前編

■は押韻

越王句踐破呉**歸**
義士還家盡錦**衣**
宮女如花滿春殿
只今惟有鷓鴣**飛**

越《えっ》王《おう》句践《こうせん》呉《ご》を破《やぶ》って帰《かえ》る
義《ぎ》士《し》家《いえ》に還《かえ》るに尽《ことごと》く錦《きん》衣《い》す
宮女《きゅうじょ》は花《はな》の如《ごと》く春殿《しゅんでん》に満《み》つるも
只《ただ》今《いま》惟《た》だ鷓鴣《しゃこ》の飛《と》ぶ有《あ》るのみ

後編

大意

越王・句践が呉に勝って国に凱旋した。ともに戦った、忠義を貫いた勇士たちは皆、勝利の恩賞として与えられた錦の着物をまとっていた。

宮中の女性たちは、まるで花のような華やかさで春の宮殿に満ち溢れんばかりだったが、ただ今は、廃墟の宮殿に鷓鴣が悲しげに飛び回る姿を見るばかりである。

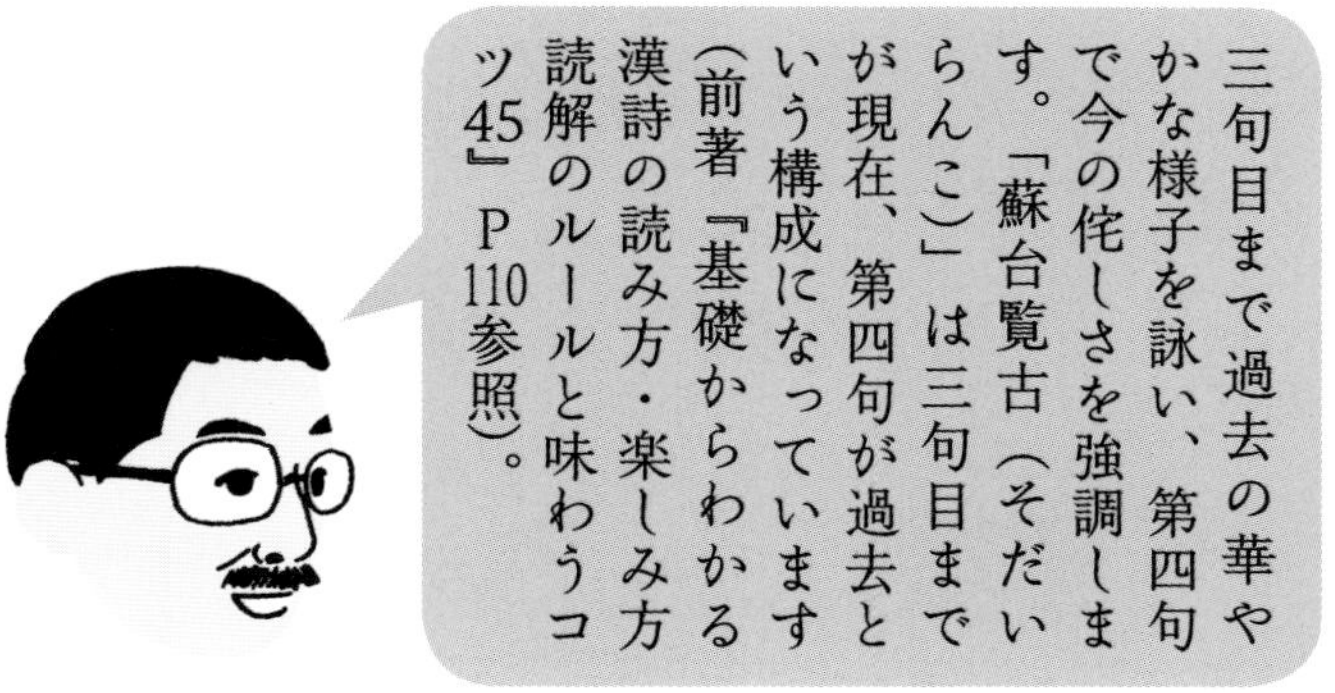
三句目まで過去の華やかな様子を詠い、第四句で今の侘しさを強調します。「蘇台覧古（そだいらんこ）」は三句目までが現在、第四句が過去という構成になっています（前著『基礎からわかる漢詩の読み方・楽しみ方　漢詩読解のルールと味わうコツ45』P110参照）。

言葉の意味

越中：越の都、会稽《かいけい》（現在の浙江省紹興市）のこと。

覧古：古跡を訪ねて思いを述べること。

越王句践：春秋時代の越の王・句践（生年不詳〜前465年）。「句」は「勾」とも書く。

破呉帰：呉は春秋時代の国の一つ。越は呉を打ち破って凱旋した。

義士：越王句践とともに戦った、忠義を貫いた勇士たち。

錦衣：勝利の恩賞として与えられた錦の着物のこと。

宮女：宮中の女性たち。

惟：ただ〜だけだ。

鷓鴣：越の地方に多く生息しているキジ科シャコ属の鳥で、ウズラに似ている。越雉《ち》ともいう。鳴き声が悲しげに聞こえるため、詩によく用いられる。

観賞のポイント 1

李白が42歳のころ、越の都、会稽にある古跡を訪ねた際に詠んだ詩です。春秋時代、越は呉と覇を争い、「呉越同舟」「臥薪嘗胆」「会稽の恥を雪《すす》ぐ」などの故事成語が生まれています。

観賞のポイント 2

第一句から第三句までが、戦いに勝利した句践側の祝勝ムードと華々しさを詠い、最後の第四句で、今の侘しさを詠んでいます。これは、同じころに詠んだ「蘇台覧古／蘇台覧古《そだいらんこ》」の構成と真逆です。「蘇台覧古」では、第一句から第三句まで現在の様子を詠み、第四句で過去のことを詠んでいます。「越中覧古」と「蘇台覧古」は構成が逆になっている一対の作品として合わせて読むとよいでしょう。

観賞のポイント 3

第四句「只今惟有鷓鴣飛」は、第三句まで華々しさが存分に述べられているだけに、一層の寂寥感《せきりょうかん》をかもし出しています。

時代・人物を深堀りしてみよう

「会稽《かいけい》の恥《はじ》を雪《すす》ぐ」と「臥薪嘗胆《がしんしょうたん》」

中国の春秋時代、越《えつ》との戦争で敗死した呉王・闔閭《こうりょ》の子の夫差（在位前４９６年～前４７３年）は、父の仇を決して忘れないために、薪の中に臥して身を苦しませ（「臥薪」）、ついに越王の句践《こうせん》を降伏させた。前４９４年のことである。句践は会稽山に立て籠って和睦を申し出、捕らえられて屈辱的な講和を結ばされ（会稽の恥）、帰国を許されると句践は、「会稽の恥を雪ぐ」べく、苦い胆を寝室に掛けておき、寝起きのたびにこれをなめて（「嘗胆」）その恥を忘れることがないようにしていた。そして、それから約20年後の前４７３年、ついに夫差を破ってその恥を雪いだ。この故事から「会稽の恥を雪ぐ」（意味：敗戦の屈辱を晴らすこと）や「臥薪嘗胆」（意味：将来の成功を期して艱難辛苦に耐えること）という故事成語が誕生した。

豪壮にして沈痛、辺塞詩《へんさいし》に長じた高適の詩

高適《こうせき》［盛唐］702年頃〜765年

渤海《ぼっかい》（山東省）の人。字は達夫《たっぷ》。

若い頃は侠客と交わったため勉学を始めたのは遅く、放浪していたころ、杜甫（P62）や李白（P78）、岑参《しんじん》や王之渙《おうしかん》などと交流した。

40歳代で有道科に及第して役人になった。武将・哥舒翰《かじょかん》（後の安禄山の乱の際の皇太子側の元帥）の秘書官を務め、安禄山の乱の際には賊軍討伐で功績を上げた。蜀州（四川省崇慶県）刺史《しし》（長官）、西川節度使となって蜀に赴任したとき、杜甫と旧交を温め、援助する。後に都に帰り、刑部侍郎、左散騎常侍となった。詩集に『高常侍集《こうじょうじしゅう》』（8巻）がある。

コツ22

自分を認めてくれる人のいない嘆きを詠った詩を鑑賞する

田家春望／田家《でんか》の春望《しゅんぼう》

詩形 五言絶句

出門何所見
春色満平蕪
可歎無知己
高陽一酒徒

■は押韻

門《もん》を出《い》でて何《なん》の見《み》る所《ところ》ぞ
春色平蕪《しゅんしょくへいぶ》に満《み》つ
歎《たん》ず可《べ》し知己《ちき》無《な》きを
高陽《こうよう》の一酒徒《いちしゅと》

大意

門を出ても何も見るべきものはない。雑草の生い茂った平原に春が満ち溢れているばかり。

ああ、嘆かわしいことよ。俺のことを理解してくれる人がいないなんて。俺は高陽にいる一人の飲んだくれだ。

この詩には悲壮感が漂いますが、高適はのちに安禄山の乱（安史の乱）をきっかけにして立身出世しました。

言葉の意味

平蕪：雑草の生い茂った平原。蕪は、生い茂った雑草。
満：満ち溢れているさま。
可歎：嘆かわしいことよ。
知己：自分のことをよく理解してくれる人。
高陽：漢の陳留郡の高陽（現在の河南省開封市杞県）。
酒徒：飲んだくれ。

観賞のポイント 1

第一句の「出門～見」（門を出ると～を見る）というレトリックは、昔からよく使われていました。ただ、それまでの詩での使われ方は暗くて殺伐とした世界を描くために使われていました。この詩では、何も見るものが無い、ただ「春色満平蕪」、一面に広がる春の平原が見えるだけだと春の草原を描いています。

観賞のポイント 2

春の草原とは言え、「平蕪」ですから、春の草原の景色に見るものが無いという、鬱屈した気持ちを強調します。

観賞のポイント 3

第三句の「可歎無知己」は、自分には理解者が一人もいないと孤独であることを言います。そして第四句の「高陽一酒徒」で、開き直りともとれる発言が飛び出します。ただの飲んだくれだ、と。

時代・人物を深掘りしてみよう

辺塞詩

辺塞とは国境の要塞のこと。北部や西部の諸民族との抗争が増えた盛唐期に辺塞詩も盛んに作られるようになった。その内容は、辺境の地の事物や生活を題材としており、中でも遊牧民族との戦争のために遠征にかり出された兵士の情や残された家族への思い・悲しみが主題となっていることが多い。

辺塞詩の作者として、高適のほか、王昌齢、岑参、王之渙、王翰《おうかん》などが名高い。

8 平易明快な白居易の詩

白居易《はくきょい》［中唐］772年～846年

太原（山西省）の人。字は楽天。29歳のとき、最初の受験で進士に及第した。その後、32歳のとき、試判抜萃科に及第。終生友となる元稹《げんじん》と知り合った。35歳のとき、才識兼茂明於体用科《さいしきけんもめいおたいようか》に及第。37歳で、翰《かん》林《りん》学士、左拾遺《さしゅうい》などを歴任。40歳のとき、母の死にあい、退いて喪に服したが、重ねて幼い娘を失った。ここに、儒教では解決しがたい死に直面して、道教・仏教の教理へ関心を強めた。3年後、太子補導役として長安に復帰したが、815年、宰相・武元衡《ぶげんこう》暗殺事件に関する上奏が越権行為として責められ、それを契機に、江州（江西省）の司馬に左遷された。その後、道教や仏教への関心をさらに深め、廬山《ろざん》において草庵を結んで隠棲《いんせい》生活を続けた。818年、47歳のときに忠州刺史を授けられた。太子の即位（第15代皇帝・穆宗《ぼくそう》）とともに、長安に召還されたが、高級官僚による激しい権力闘争が始まっていたため、これを避けて自ら求めて杭州《こうしゅう》刺史に出た。その後も長安に召還されたが、権力闘争がいよいよ厳しさを増すのに嫌気がさし、829年、58歳のときに洛陽《らくよう》への永住を決意した。官としては、河南府の長官となったこともあったが、名目的な閑職だった。71歳のときに法務大臣に当たる刑部尚書の待遇で退官した。その後は詩と酒と琴を三友として、悠々自適の生活を送った。詩文集に『白氏文集《はくしもんじゅう》』（71巻）がある。

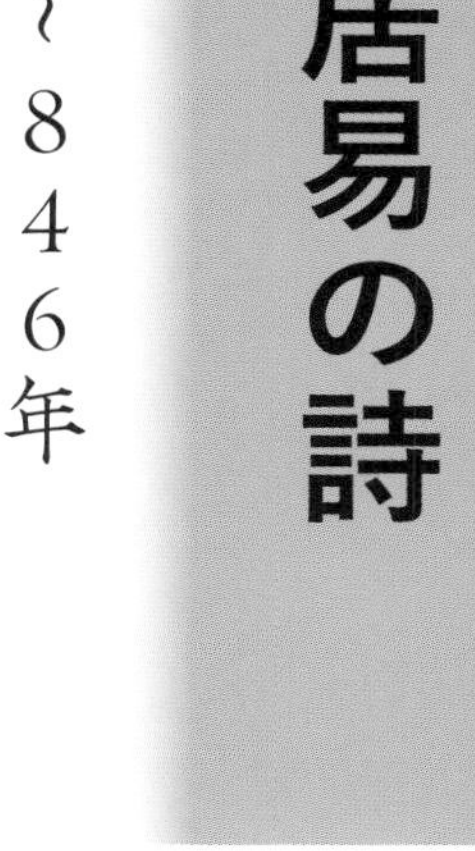

コツ 23

懐かしい思い出を詠う送別の詩を鑑賞する

送王十八帰山寄題仙遊寺／王十八《おうじゅうはち》の山《やま》に帰《かえ》るを送《おく》り、仙遊寺《せんゆうじ》に寄題《きだい》す

詩形 七言律詩

前編

（ ）は句の順番。 ■は押韻

（1）曾於太白峯前住
（2）數到仙遊寺裏**來**
（3）黑水澄時潭底出
（4）白雲破處洞門**開**

曾《かつ》て太白峰前《たいはくほうぜん》に於《おい》て住《じゅう》し
数《しばしば》仙遊寺裏《せんゆうじり》に到《いた》りて来《きた》る
黒水《こくすい》澄《す》む時《とき》潭底《たんてい》出《い》で
白雲《はくうん》破《やぶ》るる処《ところ》洞門《どうもん》開《ひら》く

前編

大意

かつて太白峰の前に住んでいたときには、しばしば仙遊寺に出かけて行ったものだ。

黒水川の水が澄むと淵の底まで見え、白雲が切れると、そこには洞穴が口を開けていた。

言葉の意味

王十八：「十八」は、一族の兄弟・従兄弟の長幼の順につけた番号。名前の代わりに用いる。排行《はいこう》。ここは、王一族の18番目、王質夫《おうしっぷ》という人物のこと。
太白峰：陝西省《せんせいしょう》中部にある太白山のこと。
仙遊寺：長安西郊にある寺。白居易は地方事務官となったころ、この寺でしばしば遊んだ。
黒水：渭水に流れ込む川の名。
潭底：淵の底。
洞門：洞窟の入口。

後編

（　）は句の順番。

■ は押韻

（5）林間煖酒焼紅葉

（6）石上題詩掃緑**苔**

（7）惆悵舊遊無復到

（8）菊花時節羨君**廻**

林間《りんかん》に酒《さけ》を煖《あたた》めて紅葉《こうよう》を焼《た》き
石上《せきじょう》に詩《し》を題《だい》して緑苔《りょくたい》を掃《はら》う
惆悵《ちゅうちょう》す旧遊《きゅうゆう》復《ま》た到《いた》る無《な》きを
菊花《きくか》の時節《じせつ》君《きみ》の廻《かえ》るを羨《うらや》む

後編

大意

林の中で紅葉を焼いて酒の燗をしたり、石の表面の緑の苔を払って詩を書いたりした。

その旧遊の地にはもう行くことがないと思うと寂しく悲しい。君は菊の花が香る秋の時期にその山にお帰りになる、なんとも羨ましいことだ。

言葉の意味

惆悵：うれえて悲しむさま。
旧遊：かつて遊んだこと。
廻：故郷に帰るの意。
羨：羨ましく思う。

友が故郷に帰るのを見送ります。そこは昔一緒に遊んだ思い出の場所です。作者は懐かしい思い出を詠いながら、都で志を得られずに帰郷する友を励まします。

観賞のポイント 1

都から故郷の山に帰る友人の王質夫を見送り、併せて、かつて仙遊寺で遊んだことを懐かしんで作った詩。翰林学士として長安に住んでいた、37〜38歳のころの作とされています。

観賞のポイント 2

頷聯の「黒水澄時潭底出」「白雲破處洞門開」は、仙遊寺付近の情景を詠んでいます。一字一句が対応しており、全体でも水と山という対応を示しており、典型的な対句の形式となっています。

観賞のポイント 3

頸聯の「林間煖酒焼紅葉」「石上題詩掃緑苔」は、印象深さを与えるために、語句の順序を倒置した表現方法を用いています。この部分は特に有名で、平安時代中期に作られた『和漢朗詠集』にこの二句が引用されています。その後も、謡曲や俳句、和歌など、この二句を踏まえた作品が数多く作られました。

時代・人物を深掘りしてみよう

白居易の人生観

酒をこよなく愛し、自らを酔吟先生と称した。かなりの酒豪であったと伝えられる。作品の中には飲酒についての詩が多くある。その一つに「對酒／酒に対す」がある。この詩は58歳のころの作品で、彼が官僚のとき、政界の状況（高級官僚の激しい権力闘争）に嫌気がさし、自身の人生哲学を語った詩である。5首連作となっており、有名な2首目を紹介する。

蝸牛角上争何事／蝸牛角上《かぎゅうかくじょう》何事をか争う
石火光中寄此身／石火光中《せっかこうちゅう》此の身を寄す
隨富隨貧且歡樂／富に随《したが》い貧に随い且《しば》らく歓楽せよ
不開口笑是癡人／口を開いて笑わざるは是れ痴人

大意：カタツムリの角の上のような小さな世界で何を争うのか。人生は火打石の火花のようにはかない。富んでいようが貧しかろうが、まずは楽しもう。大きく口を開けて笑えない奴は馬鹿野郎だ。

白居易の人生に対する考え方がよく分かり、本来の明るい人柄も伝わってくる。

コツ24

左遷されて任地へ赴く途中で友人のことを思いながら詠んだ詩を鑑賞する

舟中読元九詩／舟中《しゅうちゅう》、元九《げんきゅう》の詩《し》を読《よ》む

詩形 七言絶句

■は押韻

把君詩巻燈前讀
詩盡燈殘天未**明**
眼痛滅燈猶闇坐
逆風吹浪打船**聲**

君《きみ》が詩巻《しかん》を把《と》って灯前《とうぜん》に読《よ》む
詩《し》尽《つ》き灯残《ともしびのこ》りて天未《てんいま》だ明《あ》けず
眼《め》痛《いた》み灯《ともしび》を滅《け》して猶《な》お闇坐《あんざ》すれば
逆風浪《ぎゃくふうなみ》を吹《ふ》いて船《ふね》を打《う》つの声《こえ》

大意

君（元九）の詩集を手に取って灯《ともしび》の前で読む。読み終えたとき、灯はわずかに消え残っており、空はまだ明けていない。

眼が痛くなったので灯を消して、そのまま暗がりの中に坐っていると、逆風が波を吹き上げ、船に叩きつける音が聞こえる。

言葉の意味

元九：九は排行で、元稹《げんじん》のこと。
詩巻：詩集。
把：手に取る。
詩尽：ここでは、元稹の詩集を読了すること。
灯残：灯《ともしび》がわずかに消え残っている。
天：空。
眼痛滅灯：眼が痛くなったので、灯りを消す。
猶：そのまま。
闇坐：暗がりの中に坐る。
逆風：向かい風。
吹浪：波を吹き上げる。
打船声：船に叩きつける音。

もう二度と会えないだろうとの思いから、同じく左遷されている友の詩集を一晩かけて読み終えました。第四句の「逆風」と船を打つ波の音は、二人の不安な前途を暗示するかのようです。

観賞のポイント 1

白居易が44歳のとき、江州（江西省九江市）の司馬に左遷され、任地に赴く途中で詠んだ詩です。未明の暗がりの中で親友・元稹の詩集を読む白居易の姿には、悲しみと孤独感が漂います。

観賞のポイント 2

この詩では、「詩」が第一句と第二句に2回、「燈」が第一句〜第三句に3回使われています。通常、同じ字の繰り返しは、特に絶句といった短詩形式の場合には、詩の密度を下げるために避けられるのですが、ここでは抑えきれない感情をそのまま表わしており、むしろそのことで作者の思いが読み手に伝わってきます。

観賞のポイント 3

「燈」は、第一句「燈前」、第二句「燈殘」、第三句「滅燈」と、時間の経過と状況の変化を効果的に示しています。

時代・人物を深堀りしてみよう

白居易の左遷

811年、白居易が40歳のときに母が亡くなった。それからしばらく喪に服し、その3年ののち、太子補導役として長安に復帰した。しかし、815年、宰相暗殺事件に関する上奏を越権行為として責められ、江州《こうしゅう》の司馬に左遷された。44歳のときである。ちなみに司馬は、地方官に与えられる3番目の官名で上から守、介、司馬、目《さかん》の順となっている。本書で紹介した「舟中読元九詩」は、白居易が親友の元稹のことを思いながら詠った詩だが、逆に元稹のほうでも暗澹たる気持ちで白居易を案ずる「聞樂天授江州司馬／楽天の江州司馬を授けられしを聞く」という詩を残している。その詩の内容は、君が江州に流謫《るたく》されるという知らせを聞いたとき、病身ではあったが、驚きのあまり起き上がった。そして居住まいを正して坐り直すと、寒々とした窓に雨を交えた夜風が吹き込んできた、というものである。

この時期は、白居易にとって人生で最大の試練に直面した、最も不安な時期であった。

9

唐王朝時代

地方勤めの切なさを詠う賈島の詩

賈島《かとう》［中唐］７７９年～８４３年

范陽《はんよう》（河北省）の人。字は浪仙。

進士の試験に毎年落第していた。

諦めて出家して僧となり、無本と名乗った。その後、洛陽に出た際に韓愈《かんゆ》［７６８年～８２４年］（京兆府の長官、詩人、文学者）と出会い、その才学を認められて還俗《げんぞく》した。また、進士にも及第した。

その後の８３５年、56歳のときに長江（四川《しせん》省）の主簿となり、８４１年、62歳のときに普州（四川省）司倉参軍に転任した。８４３年に州の官舎で65歳の生涯を閉じた。役人としての人生は恵まれたものではなく、地方官止まりであった。『賈浪仙長江集《かろうせんちょうこうしゅう》』10巻がある。

コツ25

隠者を訪ねたときに詠った詩を鑑賞する

尋隠者不遇／隠者《いんじゃ》を尋《たず》ねて遇《あ》わず

詩形 五言絶句

松下問童子
言師採薬去
只在此山中
雲深不知處

■は押韻

松下《しょうか》童子《どうし》に問《と》う
言《い》う師《し》は薬《くすり》を採《と》らんとして去《さ》れりと
只《た》だ此《こ》の山中《さんちゅう》に在《あ》らんも
雲《くも》深《ふか》くして処《ところ》を知《し》らず

大意

松の木の下で隠者に仕える童《わらべ》に尋ねたら、先生は薬草を探しに行かれたと。
この山の中にきっといるに違いないが、雲が深くていったいどこにいるのか見当がつかない。

言葉の意味

松下：松の木の下。
童子：隠者に仕えるこども。
師：先生。
薬：薬草。薬草を探すのが隠者の仕事の一つ。
去：行く。
只在：きっといるにちがいない。

隠者は気ままに生きる風流人です。尋ねて行っても遇えないことが、また風流なのです。

観賞のポイント 1

この詩は、知り合いの隠者を訪ねて行きましたが、薬草を摘みに出かけていて、あいにく会えなかったことを詠んだものです。第一句「松下問童子」と第二句「言師採薬去」で、童子との問答の内容を示すことで、その場の様子をありありと感じ取ることができます。

観賞のポイント 2

第一句の「松下」や「童子」、第二句の「薬」、第三句の「山中」、第四句の「雲」等の語を用いて、短い詩中に隠者の生活の様子が見事に描かれています。

観賞のポイント 3

第四句「雲深不知處」では、隠者は雲のかなたにいるといった隠者観と照応し、しかも最後は会えなかったという、「招隠詩《しょういんし》（隠者訪問をテーマとする詩）」の新たな境地を開いています。

時代・人物を深堀りしてみよう

「推敲《すいこう》」の語源となったエピソード

ある日のこと、洛陽に出た賈島はロバに乗って街を往来しながら詩を作っていた。すると「僧推月下門（僧は推《お》す月下の門）」という詩句ができたが、「推」を「敲」（たたくの意）とすべきかどうか考え、迷いながら移動していると、気づかずに韓愈の行列にぶつかってしまった。韓愈の前に突き出された賈島は、失礼を詫びながら事の経緯を話すと、詩人としても大家であった韓愈は「『敲』のほうがよい」と答え、2人は親しく詩を論じ合ったという。このことから「文章を作成したあとで、文章やその中の字句をより良くするために何回も読んで十分に吟味して練り直すこと」を「推敲」と言うようになった。

コツ 26

第二の故郷を詠う詩を鑑賞する

度桑乾／桑乾《そうかん》を度《わた》る

詩形 七言絶句

■は押韻

客舎并州已十**霜**
歸心日夜憶咸**陽**
無端更渡桑乾水
却望并州是故**郷**

并州《へいしゅう》に客舎《かくしゃ》して已《すで》に十霜《じっそう》
帰心《きしん》日夜《にちや》咸陽《かんよう》を憶《おも》う
端《はし》無《な》くも更《さら》に渡《わた》る桑乾《そうかん》の水《みず》
却《かえ》って并州《へいしゅう》を望《のぞ》めば是《こ》れ故郷《こきょう》

大意

并州での旅暮らしも、すでに十年になる。故郷の長安に帰りたいと思う心は、昼も夜も止むことがなかった。

思いがけず、更に桑乾河を渡って別の任地に向かうことになったが、なんと、ふり返って并州を眺めてみると、前の仮住まいの町がまるで故郷のように感じられる。

言葉の意味

度：渡る。

桑乾：山西省を流れる桑乾河《そうかんが》のこと。

并州：今の山西省太原《たいげん》市。

客舎：客舎とは旅先の宿のことだが、ここでは動詞形で「旅暮らしをする」。

十霜：十年。

帰心：故郷に帰りたいと思う心。

日夜：昼も夜も。

咸陽：長安（陝西省《せんせい》）の西北にあり、秦《しん》の都《みやこ》があった所。ここでは長安を指す。

憶：思い続ける。

無端：思いがけず。

更渡：更に（桑乾河を）渡って行く。

桑乾水：桑乾河。

却：「なんと」と「ふり返って」の二つの意がある。ここでは二つの意味で取っておく。

望：眺める。

故郷を遠く離れて第二の居住地で長年過ごし、さらにまたそこを離れて遠くへ行くと、第二の居住地が今度は故郷のように思われます。

観賞のポイント 1

第一句の「霜」は、「星霜」という熟語があるように、年月を意味します。「已に十霜」、もう十年と言いますから、異郷での暮らしもずいぶん長くなっていました。

観賞のポイント 2

第二句の咸陽は長安の古名です。作者の実際の故郷は范陽（河北省）ですが、当時の詩人たちが故郷とするのは長安でした。

観賞のポイント 3

第四句では、今まで仮の住まいと思っていた并州が、十年も住み、故郷の長安のように懐かしく思えてきたと言います。望郷詩として、第二の故郷を詠ったもので、これまでに無い新たな境地を示したものです。この詩が元となり、「并州《へいしゅう》之《の》情《じょう》」（意味：第二の故郷とも言える場所を懐かしむこと）という故事成語ができました。

時代・人物を深堀りしてみよう

賈島の望郷詩

故郷を思う気持ちを詠んだ詩を「望郷詩」と言うが、有名なものに李白の「静夜思」や杜甫の「絶句」がある。

李白の「静夜思」
牀前看月光／牀前月光《しょうぜんげっこう》を看《み》る
疑是地上霜／疑《うたが》うらくは是《こ》れ地上《ちじょう》の霜《しも》かと
挙頭望山月／頭《こうべ》を挙《あ》げて山月《さんげつ》を望《のぞ》み
低頭思故郷／頭《こうべ》を低《た》れて故郷《こきょう》を思《おも》う

杜甫の「絶句」
江碧鳥逾白／江碧《こうみどり》にして鳥逾白《とりいよいよしろ》く
山青花欲然／山青くして花然《はなも》えんと欲《ほっ》す
今春看又過／今春看又《こんしゅんみすみすまた》過《す》ぐ
何日是歸年／何《いず》れの日《ひ》か是《こ》れ帰年《きねん》ならん

いずれも率直に望郷の気持ちを表現している。
賈島の詩は第二の故郷を詠う点で新たな望郷詩のあり方を示している。

10 軽妙洒脱でセンスのよさが光る杜牧の詩

杜牧《とぼく》［晩唐］803年〜852年

京兆万年《けいちょうばんねん》（陝西省西安市）の人。字は牧之《ぼくし》。

祖父・杜佑《とゆう》は宰相をつとめ、政治制度史『通典《つてん》』の著者として有名。

26歳で進士に及第、さらに賢良方正科にも及第してエリート官僚としての第一歩を踏み出す。

その後、33歳で観察御史に抜擢され、洛陽にてその任に就く。病気の弟の一家のために、収入の多い地方長官に転任することを願い出る。50歳の時、中央に戻って中書舎人に昇任したが、まもなく没した。死ぬ間際になってそれまでに作った詩文の大半を焼き捨てた。

晩唐第一の詩人である。杜甫の「大杜」に対して、「小杜」と呼ばれる。詩集に『樊川《はんせん》詩集』（4巻）、別巻（1巻）、『外集』（1巻）、また『孫子』の注がある。

コツ27

宿泊した地で聞いた歌に深い悲しみを感じて詠った詩を鑑賞する

泊秦淮／秦淮《しんわい》に泊《はく》す

詩形 七言絶句

■は押韻

煙籠寒水月籠**沙**
夜泊秦淮近酒**家**
商女不知亡國恨
隔江猶唱後庭**花**

煙《けむり》は寒水《かんすい》を籠《こ》め月《つき》は沙《すな》を籠《こ》む
夜《よる》秦淮《しんわい》に泊《はく》して酒家《しゅか》に近《ちか》し
商女《しょうじょ》は知《し》らず亡国《ぼうこく》の恨《うらみ》
江《こう》を隔《へだ》てて猶《な》お唱《うた》う後庭花《こうていか》

大意

夕もやが冷たい秦淮河の水の上に立ちこめ、月光は川辺の白い砂地を照らしている。この夜、秦淮河に舟泊りしたのは、向こう岸の酒楼に近いところだ。

酒楼の妓女たちは、亡国の恨みのこもる歌とは知らずに、河を隔てて、陳の後主が作った歌曲「玉樹後庭花」を賑やかに歌っている。

言葉の意味

秦淮：江蘇省南京市の西南を流れる秦代に作られた運河の名前。秦淮河。一帯には妓楼があった。

煙：夕もや。

寒水：寒々とした川の流れ。ここでは秦淮河を指す。

籠：たちこめる。

月籠沙：月光が川辺の砂地を照らし、月光と白い砂地との区別がつかない様子。

酒家：酒楼。料亭。

商女：酒楼の妓女《ぎじょ》。

亡国恨：陳の第5代（最後）の皇帝・陳叔宝《ちんしゅくほう》［553年〜604年］（のちに「後主《こうしゅ》」と称される）が自ら国を滅ぼした恨み。陳の国の亡国の恨みと言うこと。後主は日夜、宴飲と歌舞音曲にふけり、政治を怠ったため、隋に滅ぼされた。

隔江：川の向こう岸。

後庭花：陳の後主が作った歌曲「玉《ぎょく》樹後庭花《じゅこうていか》」のこと。

時代が移り変わって歌だけが残り、その作者や背景が忘れ去られてしまうことがあります。悲しい歌とは知らずに楽しげに歌うのを聴いて、事情を知る人は心が張り裂けそうに悲しくなります。

観賞のポイント 1

第一句では、短い七文字の中に「籠」が2回使われています。近体詩のルールでは「同字重出の禁止」というのがありますが、「句中対《くちゅうつい》」のときは重出してもかまいません。

あえて重複して「籠」と言ったのは、その場所をすっぽり包みこむような幻想的な雰囲気を出したかったからです。

観賞のポイント 2

第二句では、向こう岸、自分とはさほど遠くではないが離れた場所に酒楼があると言っています。現実の世界とは違う幻想的な世界です。この前半の描写が、後半を導き出します。

観賞のポイント 3

第三句、第四句で、聴くともなしに聞こえてくる妓女たちが歌う曲「玉樹後庭花」は、二〇〇年以上もの昔に歌われた、亡国の恨みのこもる歌です。しかしそれを知らずに妓女たちが歌っています。時が移りすべてが換わり、亡国の悲しみを知らない華やいだ歌声に、作者は人の世の儚さと悲しさを感じたのです。

時代・人物を深堀りしてみよう

玉樹後庭花

杜牧がこの「泊秦淮」の詩を詠んだ地は金陵（現在の南京）と呼ばれる場所。杜牧が生きた時代を遡ること210年余り前、南朝時代の最後となった陳王朝［557年~589年］の首都である。当時の皇帝であった陳淑宝《ちんしゅくほう》（後に陳の後主《こうしゅ》と呼ばれた）は、政事には全く無関心で、その反面、多芸多才の持ち主で、毎晩のように宮女や宮廷詩人たちと宴会を開き、歌舞音曲に耽っていた。

やがて隋軍が攻め込んできたとき、国の防備を怠っていたため、あっけなく囚われの身となり、陳は滅亡した。隋軍が間近に迫ってきても陳淑宝は酒をやめず詩作を続けたという逸話が残されている。

陳淑宝が作った「玉樹後庭花《ぎょくじゅこうていか》」は、彼の寵妃の美貌《びぼう》をたたえる内容の楽曲で、後世まで歌い継がれていった。後の唐代の詩人が金陵を懐古するとき「玉樹後庭花」が亡国の悲しみを象徴する言葉としてよく用いられた。

コツ28

春の情景を詠う詩を鑑賞する

清明／清明《せいめい》

詩形 七言絶句

■は押韻

清明時節雨紛**紛**
路上行人欲斷**魂**
借問酒家何處有
牧童遙指杏花**村**

清明《せいめい》の時節《じせつ》雨《あめ》紛紛《ふんぷん》
路上《ろじょう》の行人《こうじん》魂《こん》を断《た》たんと欲《ほっ》す
借問《しゃもん》す酒家《しゅか》は何《いず》れの処《ところ》にか有《あ》る
牧童《ぼくどう》遥《はる》かに指《ゆび》さす杏花《きょうか》の村《むら》

大意

春の清明節の時期だというのに、こぬか雨が降りしきっている。この雨で、旅人である私はすっかり気が滅入ってしまった。

「ちょっとお尋ねするが、この辺りで酒を売る店はどこにあるのかな」と牛飼いの少年に尋ねると、その少年は、遠くに見える杏《あんず》の花の咲く村を指さした。

言葉の意味

清明：二十四節気の一つである清明節。春分から十五日目。陽暦で四月五日ころ。
雨紛紛：こぬか雨が降りしきる様子。
行人：旅人。ここでは杜牧を指す。
欲断魂：気が滅入ってしまうこと。
借問：ちょっとお尋ねするがの意。「しゃもん」と読む。
酒家：酒を売る店。
牧童：牛飼いの少年。
杏花村：杏《あんず》の花が咲く村。

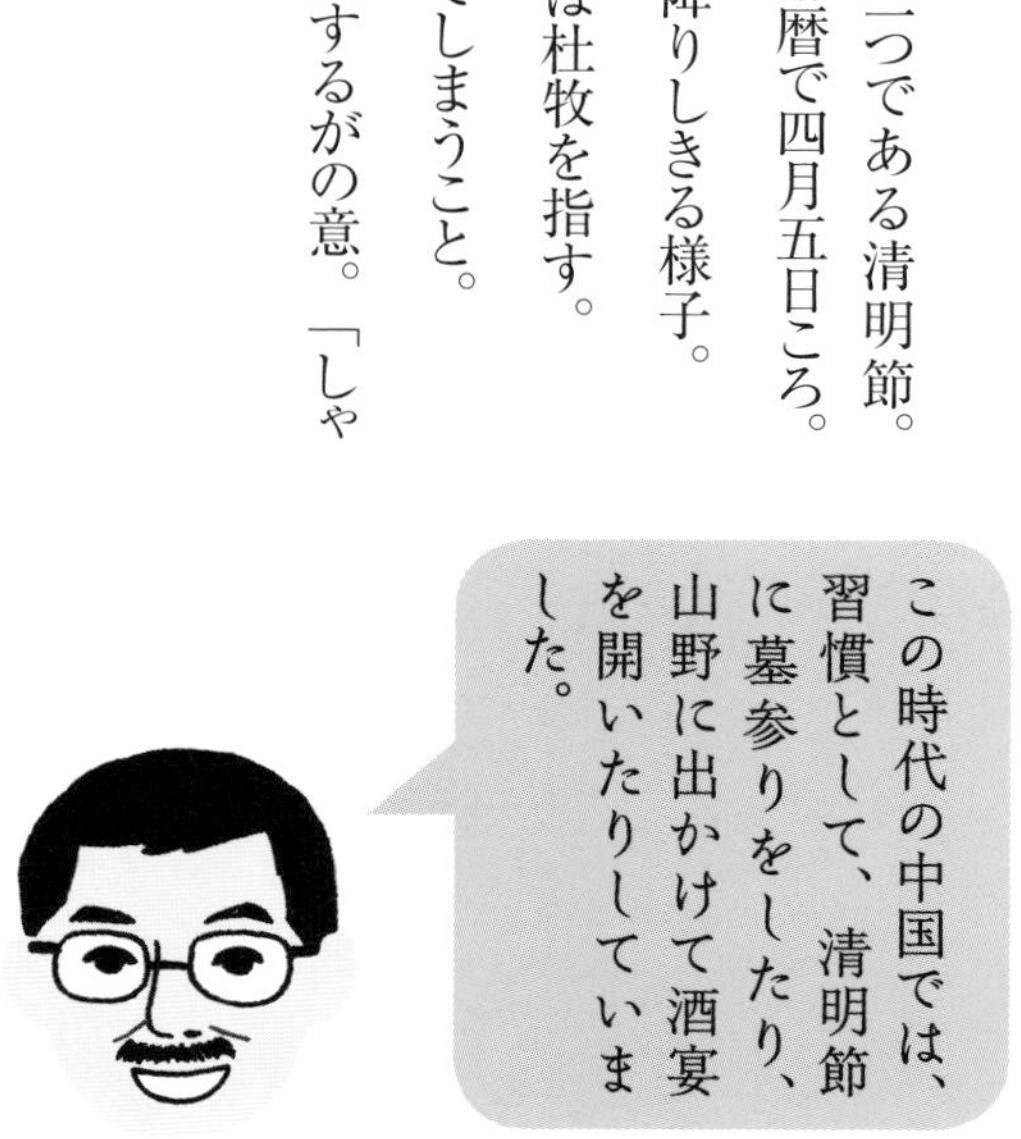
この時代の中国では、習慣として、清明節に墓参りをしたり、山野に出かけて酒宴を開いたりしていました。

観賞のポイント 1

第一句の「清明時節雨紛紛」は、穏やかで気候のよい清明節の時期に、あいにくこぬか雨が降り、肌寒いことを言います。

観賞のポイント 2

第四句の「牧童」は牛や馬などの面倒をみる子どもです。酒屋を尋ねられて無邪気に「あっちだよ」と指さすところに牧歌的な雰囲気が漂います。前の句の「借問す酒家何れに処にか有る」という表現は、酒屋が有ることは分かっているけれども、どこにあるか分からないのでちょっと尋ねて聞いた、ということです。もし酒屋が存在するかどうか分からない時には「酒家何れの処にか在る」となります。

観賞のポイント 3

第四句の「遙指杏花村」によって、子どもが指さす指に導かれて杏《あんず》の花が見えてきます。その色は白あるいはピンク色で、雨の向こうにぼんやり浮かび上がっています。

こぬか雨が降り気も滅入っていたので、杏の花を見てホット一安心したことでしょう。

時代・人物を深堀りしてみよう

詩中の「杏花村」はどこにあるのか？

中国にはいたるところに「杏花村」があるので、詩の杏花村がどこのものか諸説紛々として定まっていない。

有力な説として二つある。

一つは、汾酒（フェンチュー）（山西省汾陽県杏花村を中心に生産される焼酎）で有名な山西省の杏花村とする説、もう一つは安徽省の杏花村（現在の池州《ちしゅう》市）とする説である。酒との関係で前者の山西省杏花村説が有力視されているが、後者の安徽省杏花村も捨てがたい。何故なら、杜牧が池州刺史（長官）として赴任したことがあるからだ。

詩中の固有名詞がどこにあるか判然としない例は多々ある。李白の「桃花潭」（「汪倫に贈る」）もそうである。詩が有名になると、自分のところが元祖だと言うのは古今東西どこでも同じである。

11

唐王朝時代

風景を繊細に詠う高駢の詩

高駢《こうべん》［晩唐］８２１年～８８７年

幽州《ゆうしゅう》（河北《かほく》省）の人。字は千里《せんり》。武門のほまれ高い家に生まれた。宮城を守った近衛《このえ》軍の将校から身を起こし、安南《あんなん》（ベトナム）討伐に手柄を立てて渤海郡王となるのをはじめ、天平、剣南、西川、荊南など各地の節度使を歴任した。チベット系民族の党項（タングート）やチベット・ビルマ語族の王国・南詔《なんしょう》の討伐に功績をあげた。唐王朝が滅亡するきっかけとなった黄巣《こうそう》の乱（８７５年）に際しては、黄巣軍を撃破するなどの活躍を見せて諸道行営都統として官軍の総帥となった。しかし、治所揚州から動かず、その後、黄巣軍によって首都長安が占拠されても、その討伐に積極的な姿勢を見せなかったことから失脚。志を得ない毎日を過ごすうちに謀反を疑われ、最期は部下に殺された。

コツ 29

溽暑《じょくしょ》の夏の清々しい情景を詠う詩を鑑賞する

山亭夏日／山亭夏日《さんていかじつ》

詩形 七言絶句

■は押韻

緑樹陰濃夏日**長**
樓臺倒影入池**塘**
水精簾動微風起
一架薔薇滿院**香**

緑樹《りょくじゅ》陰《かげ》濃《こま》やかにして夏日《かじつ》長《なが》し
楼台《ろうだい》影《かげ》を倒《さかしま》にして池塘《ちとう》に入《い》る
水精《すいしょう》の簾《すだれ》動《うご》いて微風《びふう》起《お》こり
一架《いっか》の薔薇《しょうび》満院《まんいん》香《かんば》し

大意

緑の木々が地面に濃い影を落とし、夏の一日はなかなか暮れない。高殿の影は池の水面にさかさまに映っている。

水晶のすだれが動いて、そよ風が起こると、棚いっぱいのバラの花の香りが庭中に満ちた。

言葉の意味

山亭：山の別荘。

緑樹：緑の木々。

陰濃：地面に濃い影を落としていること。

夏日長：夏の一日がなかなか暮れないこと。

楼台：高殿《たかどの》。

倒影：水面にさかさまに映っていること。

池塘：大きな池。

水精：水晶。

簾：すだれ。

微風：そよ風。

一架：棚いっぱいの。

薔薇：バラ。

満院：「院」は中庭のこと。中庭いっぱい。

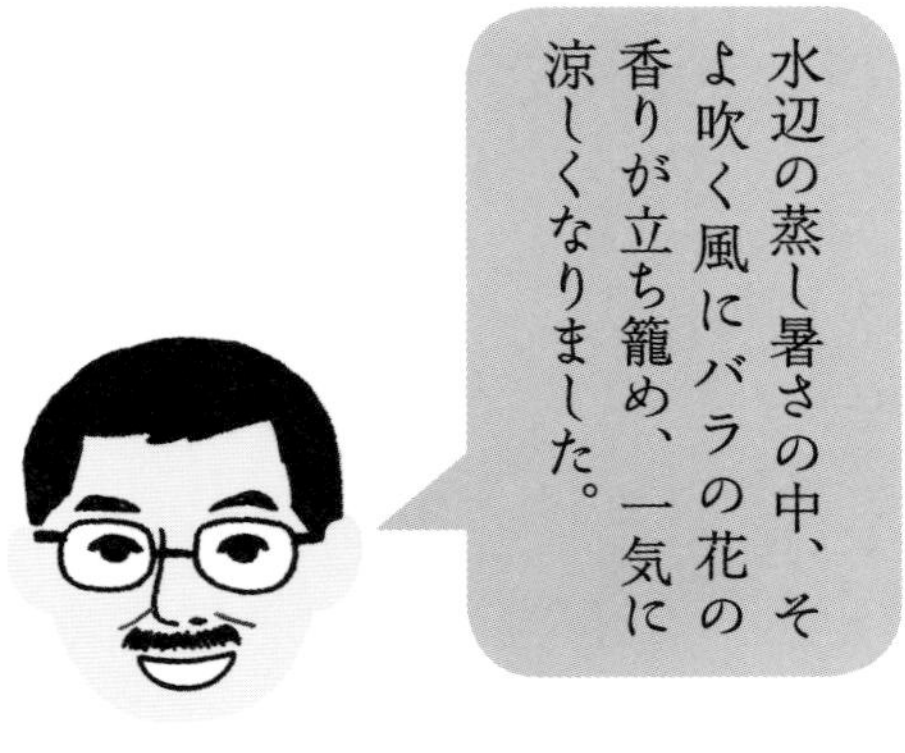
水辺の蒸し暑さの中、そよ吹く風にバラの花の香りが立ち籠め、一気に涼しくなりました。

観賞のポイント1

第一句と第二句に「かげ」（陰と影）の字が使われています。「陰」は日の当たらないところという意味で、「陽」の反対語です。一方の「影」は実像ではないという意味で、「実」の反対語です。いずれも視覚的な観点から別荘の中庭の様子を伝えています。第二句は、風のない水辺の蒸し暑さを詠います。

観賞のポイント2

第三句では、因果関係からすれば、「風が吹いたから簾が動く」のですが、簾が動くのをふと見て風を感じるという、言わば皮膚感覚で涼しさを伝えています。

観賞のポイント3

第四句では、嗅覚に訴えて涼感を伝えています。たった「一」つの棚のバラの香りが「満」院、庭一杯にひろがり、暑さも払われます。

第一句から第四句まで、「涼」と言わずに、五感に訴える構成で涼しさを伝えています。

時代・人物を深堀りしてみよう

節度使高駢の運命

節度使という役職は、正式な役職ではない令外の官（使職）として設置されたものであった。その設置は、710年に西北辺境に置いたのに始まる。当初は、周辺警備のための軍団の統率者であったが、755年の安禄山の乱（安史の乱）（P72コラム参照）後は国内の要地に相次いで設置され、40から50の節度使が置かれた。そして節度使は、管轄地の兵政・民政・財政を任されていた。

なお、余談だが、実は日本でも、唐制にならい、奈良時代に地方の軍政と防備を任務とした臨時の職として732年と761年の2回、節度使が設けられた。これは、当時緊張関係にあった新羅に対処するためと考えられている。

唐時代の節度使は次第に強力な権限をもつようになり、地方軍閥と化していった。そして当時、しばしば皇帝の中央政府に反抗を企て、中央はその統制に苦しんでいたと言う。そうした状況下で、高駢の中央政府の意に反した行動は、そのまま不信感につながり、権限のはく奪と謀反の疑いがかけられ、結果的に部下に殺されるという悲劇につながった。

12

宋王朝時代

表現力に優れる哲学者朱熹の詩

朱熹《しゅき》［宋］１１３０年〜１２００年

南宋の思想家、哲学者、詩人。朱子学（宋学）の祖。婺源《ぶげん》（江西省）の人。字は元晦《げんかい》。

19歳のとき、科挙に及第し、24歳で任官して福建省の同安県主簿《しゅぼ》（帳簿処理官）を4年間務めた。28歳で職を退き、その後20年余、官職につかずに学問研究に専念し、おおよそ40歳のころにその思想の大綱が確立したと思われる。その後復権して49歳で江西省の南康軍《なんこうぐん》知事、次いで浙江《せっこう》省で飢饉《ききん》対策の任にあたり、61歳で福建省州《しょうしゅう》知事、65歳で湖南省潭州《たんしゅう》知事兼荊湖《けいこ》南路安撫使《あんぶし》を歴任した。そして、最後に、第4代皇帝・寧宗《ねいそう》のとき、中央に召され、煥章閣《かんしょうかく》待制兼侍講《じこう》（天子の顧問官）となるが、時の宰相から憎しみを買い、職を免ぜられた。しかも、朱熹の学問は偽学と認定され、著述は発禁の処分を受けるなど、非常な迫害を受けたがそれに屈せず、講学と著述のうちにその生涯を終えた。『朱文公文集』、『四書集註《ししょしっちゅう》』などがある。

コツ30

酔って豪快な気分を詠う詩を鑑賞する

酔下祝融峯／酔《よ》うて祝融峰《しゅくゆうほう》を下《くだ》る

詩形 七言絶句

■は押韻

我來萬里駕長**風**
絶壑層雲許盪**胸**
濁酒三盃豪氣發
朗吟飛下祝融**峯**

我《わ》れ来《き》たって万里長風《ばんりちょうふう》に駕《が》す
絶壑層雲《ぜつがくそううん》許《かく》も胸《むね》を盪《ゆる》がす
濁酒《だくしゅ》三盃《さんばい》豪気《ごうき》発《はっ》し
朗吟《ろうぎん》して飛《と》び下《くだ》る祝融峰《しゅくゆうほう》

大意

私は祝融峰にやって来た。祝融峰を吹き抜ける風に身を任せていると、万里の遠くへも風に乗って飛んで行けそうだ。深く切りたった谷に、幾重にも重なる雲が湧き起こる風景は、こんなにも、私の胸を揺り動かす。

にごり酒を三杯飲んだだけでたちまち豪快な気分になり、詩を声高らかに吟じながら、飛ぶように祝融峰を一気に駆け下りたのだった。

言葉の意味

祝融峰：湖南省衡《こう》陽市にある衡山《ざん》の一番高い峰の名前。

我来：私は祝融峰にやって来た。

万里駕長風：万里の彼方まで風に乗って行く。「駕」は乗ること。「長風」はどこまでも吹きわたる風。

絶壑：深く切りたった谷。

層雲：幾重にも重なる雲。

許：こんなにも。

盪：胸中を揺さぶり動かす。

濁酒：にごり酒。

三盃：三杯。

豪気：豪快な気分。

発：起こる。

朗吟：詩を声高らかに吟じること。

飛下：飛ぶように一気に駆け下りる。

朱熹は哲学者ですが、漢詩も優れています。衡山は南岳と呼ばれ、風光明媚な場所として昔から有名です。特に主峰の祝融峰は今でも多くの人が訪れています。

観賞のポイント 1

第一句ではやっと祝融峰の頂上に辿り着き、心地よい風に身をゆだねていると、風に乗ってどこへでも行けそうな壮快な気分になったことを詠います。

観賞のポイント 2

第二句では、「絶壑層雲」と、山頂から見える風景をさらに大きなスケールで描写し、「許盪胸」と作者の心が揺り動かされていることを詠います。

観賞のポイント 3

第三句と第四句で、酒を飲んで豪快な気分になり、詩を吟じながら、一気に下って行くことを詠い、前半の雄大さと対応させています。

時代・人物を深堀りしてみよう

「酔下祝融峯」誕生の背景

朱熹が自身の思想の大綱を確立させるおよそ2年前の38歳の秋（1167年）、南宋初期の有名な学者兼教育家であった張栻《ちょうしょく》（張南軒）（1133年～1180年）が主宰する長沙の岳麓書院を遠路はるばる訪れ、2ヵ月に渡って起居を共にした。

当時、張栻の活躍によって徐々にその理学の説が全国的に評判となり、岳麓書院は理学の中心地、学術基地となっていた。

理学は理気学とも言う。宇宙は理と気から成り、万物は陰陽という気の交錯によって生じ、陰陽を働かせ作用させるのが理であると言う。

朱熹は、張栻と日夜大いに議論を交わして有意義な日々を送っていた。ある日のこと、朱熹は岳麓山の麓《ふもと》から連なる山々の最高峰の祝融峰（高さ1300m）に登った。この詩はそのときに詠んだもの。詩には、朱熹の血気盛んなさま、自身の研究に対する気概が感じられる。

宋王朝時代

13 鋭敏な言語感覚に磨かれた王安石の詩

王安石《おうあんせき》［北宋］１０２１年〜１０８６年

江西臨川（江西省）の人。字は介甫《かいほ》。

北宋の政治家、文学者。

22歳で科挙に及第しながらも、自ら志願して地方回りの官僚を務めた。このときの農民生活の見聞が、その後の革新的な諸施策（新法）に生かされる。皇帝・神宗《しんそう》のときに宰相となり、新法を強行して急激な改革を図った。しかし、自分の才能を頼みにし、先輩・同輩の忠告を受け入れない態度に批判が集中し、結果的に失敗して引退した。以後は江寧府（南京）で余生をおくり、この地で没した。文章家としても著名で、唐と宋の名文家八人（唐宋八大家）の一人に数えられる。詩文集『臨川先生文集』（１００巻）がある。

コツ31

最も好きな山を愛でる詩を鑑賞する

鍾山即事／鍾山即事《しょうざんそくじ》

詩形 七言絶句

■は押韻

澗水無聲遶竹**流**
竹西花草弄春**柔**
茅簷相對坐終日
一鳥不啼山更**幽**

澗水《かんすい》声《こえ》無《な》く竹《たけ》を遶《めぐ》って流《なが》る
竹西《ちくせい》の花草《かそう》春柔《しゅんじゅう》を弄《ろう》す
茅簷《ぼうえん》相対《あいたい》して坐《ざ》すること終日《しゅうじつ》
一鳥《いっちょう》啼《な》かず山《やま》更《さら》に幽《ゆう》なり

大意

谷川の水は音もなく竹の回りを流れている。竹林の西側には花が咲き乱れ、春の柔らかな光と戯れている。

かやぶきの軒の下で鍾山と向かい合って一日中座っていると、一羽の鳥も鳴かず、山はさらに奥深い静けさにつつまれる。

言葉の意味

鍾山：南京（江《こう》蘇《そ》省）の郊外にある山の名前。

即事：折に触れて。

澗水：谷川の水。

遶：まわりを回る。

竹西：竹林の西側。

花草：花の咲く草。また、花と草。

弄：もてあそぶ。戯れる。

春柔：春の柔らかな日の光。

茅簷：かやぶきの軒。

相対：鍾山と向かい合う。

坐終日：一日中座る。

一鳥：鳥一羽。

啼：鳴く。

更幽：いっそう奥深く静かなさま。

詩人はみな古典を学んで言語感覚を磨き、独自の詩境を開いていています。古典をきちんと学んではじめて新しいものが生まれるのです。

観賞のポイント 1

この詩は、宰相を務めるなどして政治家として活躍した後、自分の好きな鐘山の近くに隠退し、悠然とした心境を詠ったものです。

観賞のポイント 2

第三句の「茅簷相對坐終日」は、李白の「獨坐敬亭山／独《ひと》り敬亭山《けいていざん》に坐《ざ》す」の「相看兩不厭、只有敬亭山／相看《あいみ》て両《ふた》つながら厭《いと》わざるは、只《た》だ敬《けい》亭山《ていざん》有《あ》るのみ」（お互いにじっと見つめ合って、いやにならないのは、ただ敬亭山おまえだけだ）を意識しています。

観賞のポイント 3

第四句の「一鳥不啼山更幽」は、一羽の鳥も鳴かないことを引き合いに出して、山の静けさを強調します。これは、王維《おうい》の「鹿柴《ろくさい》」の「空山不見人、但聞人語響／空山人《くうざんひと》を見《み》ず、但《た》だ人語《じんご》の響《ひびき》を聞《き》く」（人の姿が見えない静かな山。ただ人の声だけが時折どこからともなく聞こえてくる）を意識して、ただでさえ静かな山は鳥が鳴かないので更に静かだと言います。

王維の詩は、音が止むことによって一層の静寂が訪れることを言いますが、王安石の詩はずっと静寂であることを言います。

時代・人物を深堀りしてみよう

「鍾山卽事」と歴史的な名作

この詩は、【鑑賞のポイント2・3】のように過去の歴史的な名作を意識して作ったもの。

また、さらに第四句（結句）の「一鳥不啼山更幽／一鳥啼かず山更に幽なり」は、六朝・梁の王籍の「入若耶溪／若耶渓《じゃくやけい》に入《い》る」の第五句・第六句（頸聯）の「蟬噪林逾靜　鳥鳴山更幽／蟬噪《せみさわ》ぎ林《はやし》逾《いよいよ》静《しず》かに　鳥鳴《とりな》いて山更《やまさら》に幽《ゆう》なり」（蟬の鳴く音がかえって林の静寂さを感じさせ、鳥の鳴き声がかえって山の奥深さを感じさせる）を意識している。

コツ32

宮中に宿直したときの詩を鑑賞する

夜直／夜直《やちょく》

詩形 七言絶句

金爐香盡漏聲**殘**
翦翦輕風陣陣**寒**
春色惱人眠不得
月移花影上欄**干**

■は押韻

金炉《きんろ》香《こう》尽《つ》きて漏声《ろうせい》残《ざん》す
翦翦《せんせん》の軽風陣陣《けいふうじんじん》の寒《さむ》さ
春色《しゅんしょく》人《ひと》を悩《なや》まして眠《ねむ》り得《え》ず
月《つき》は花影《かえい》を移《うつ》して欄干《らんかん》に上《のぼ》らしむ

大意

香炉の香が燃え尽き、水時計のときを告げる音もかすかになり、微風がそよそよと吹いては止み吹いては止みして、吹き込んでくるたびに肌寒さを感じる。

春の景色は人を物思いにふけらせ、どうしても寝つけない。そのうち、月の光に映し出された花の影がいつしか欄干にまで上ってきた。

言葉の意味

夜直：宮中に宿直《とのい》すること。
金炉：黄金の香炉。金属製を美化した表現。
香尽：香が燃え尽きる。
漏声：水時計の水のしたたる音。
残：音がかすかになる。
(今日の意味の「残る」とはニュアンスが異なる)
翦翦：風がそよそよと吹くさま。
軽風：微風。
陣陣：吹いては止み吹いては止み。
春色：春景色。
悩人：人を物思いにふけらせる。
眠不得：どうしても寝つけない。

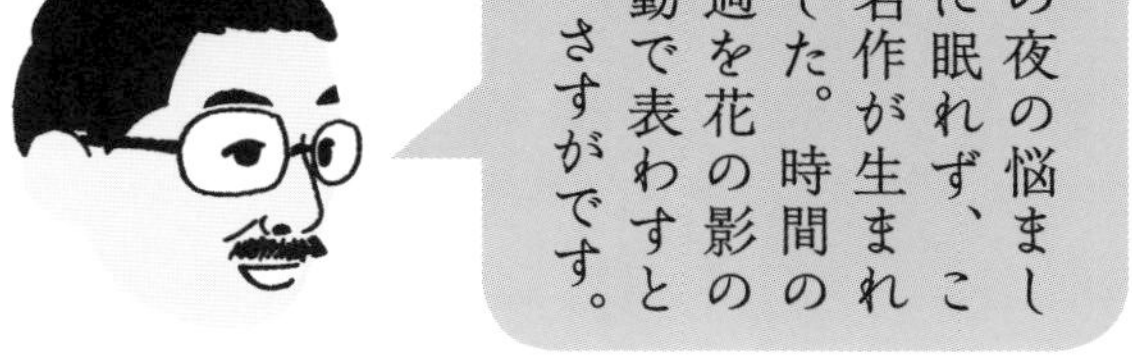
春の夜の悩ましさに眠れず、この名作が生まれました。時間の経過を花の影の移動で表わすとは、さすがです。

観賞のポイント 1

宋の時代、翰林学士は、一晩ずつ交代で宮中で宿直することになっていました。この詩は、早春の時期、作者が宿直したときに詠んだ詩です。

第二句から、春とは言え、風が吹き込んでくるとまだ肌寒さが残る時期であることが分かります。

観賞のポイント 2

第三句では、作者は仮眠をとろうとしているのでしょう。少しでも寝たいのに、春の悩ましさによって眠れないことを言います。

観賞のポイント 3

第四句では、月の位置が変わることで花影が移動する様子が詠われます。印象的な句で、王安石の洗練された言語感覚がうかがえます。

時代・人物を深堀りしてみよう

翰林学士の職務

翰林学士は、唐代以降の官名で、天子直属の官として、玄宗皇帝が７３８年に設けた翰林学士院（略して翰林院、学士院とも呼ばれた）に所属し、天子の秘書兼政治の顧問として、主として国家的な大事に際しての詔勅の起草をつかさどった。天子はその選任にあたって文才ある者を求め、天下の名士が登用されるようになった。自ずから翰林学士は人々の尊崇を受けるようになり、宋代には最も名誉ある地位とされた。

翰林学士は通常は定員６名で、特にその筆頭である承旨《しょうし》は、実権が宰相に次ぐため内相と称せられ、やがて宰相に昇進することがお決まりのコースとなっていった。

科挙に合格した進士出身の文章の名家は、知制誥《ちせいこう》（辞令書の文章などの作成を行う官名）から翰林学士へ、そしてその承旨から宰相に昇るというコースが出世の早道とされていた。

14 江南の風景を愛した平易明快な高啓の詩

高啓《こうけい》［明］1336年～1374年

長洲（江蘇省《こうそ》）の人。字は季迪《きてき》、号は青邱《せいきゅう》。元末明初の戦乱を避けるため、蘇州郊外呉淞江のほとりにある青邱に隠棲した。23歳のときに作った、自身の閑適のさまを描写した七言歌行「青邱子歌」が広く知られる。朱元璋（洪武帝）が南京で明王朝を開いた翌年の1369年、33歳のとき皇帝に召されて『元史』の編纂に参加した。3年ののち、その能力が認められて大蔵次官にあたる戸部侍郎《こぶじろう》に抜擢されたが固辞して帰郷。その後、友人でこの地方の長官であった魏観《ぎかん》が、かつて朱元璋と敵対していた張士誠の宮殿の跡地に、府庁舎を建て直したことで謀反の疑いをかけられて処刑され、高啓も庁舎の棟上文《むねあげぶん》を書いていたため連座して処刑された。享年38歳であった。かつて高啓が詠んだ詩「宮女図」（皇帝の好色な私生活を描いた風刺的な内容）などに対して皇帝の怒りをかっていたことも原因の一つとされる。短い生涯ではあったが、2、000首以上の詩を残し、明代第一の詩人で、楊基、張羽、徐賁《じょひ》らとともに明初の呉中の四傑の一人とされる。『高青邱全集』18巻などがある。

コツ33

楽しい散歩を詠う詩を鑑賞する

尋胡隠君／胡隠君《こいんくん》を尋《たず》ぬ

詩形 五言絶句

■は押韻

渡水復渡水
看花還看花
春風江上路
不覺到君家

水《みず》を渡《わた》り復《ま》た水《みず》を渡《わた》り
花《はな》を看《み》還《ま》た花《はな》を看《み》る
春風江上《しゅんぷうこうじょう》の路《みち》
覚《おぼ》えず君《きみ》が家《いえ》に到《いた》る

大意

川を渡り、また川を渡る。花を見てはまた花を見る。

川のほとりの道を春風を受けながら歩いていると、気づかぬうちに、胡隠君の家まで来てしまった。

観賞のポイント 1

「川を渡る」と「花を見る」が繰り返されることによって、うららかな春の日に、気が赴くまま、足の赴くままに散歩をして楽しんでいる様子が伺えます。隠者を尋ねますから、作者も飄飄とした隠者の気分です。「花」と言うと、桃の花を思い浮かべますが、これが早春に詠まれた詩であれば、作者が最も好んだ「梅の花」とも考えられます。

言葉の意味

胡隠君：隠君は隠者の敬称。胡という姓の隠者。
水：川のこと。
復：もう一度。再び。
看：見る。
還：もう一度。再び。
江上：川のほとり。
路：道。
不覚：気づかぬうちに。
君家：胡隠君の家。
到：着いた。

春風に吹かれながら江南の水郷地帯を気ままに散歩しています。これだけでもう十分風流ですね。

観賞のポイント 2

第一句の「復」と第二句の「還」は同じ意味で、ここでは何度も川を渡ったり、あちこちに咲いている花を見たりという動作の繰り返しを表わします。「川を渡る」と「花を見る」が繰り返されますから「また」は平仄の異なる文字を使ったのです。

観賞のポイント 3

いつの時代でも隠者に関する詩が作られています。戦国時代(紀元前3世紀ころ)の『楚辞』では民間の賢士を招いて政治に登用することを趣旨とする「招隠士」が作られ、西晋ころ(3世紀後半)になると左思の「招隠詩」では隠者を世間に呼び戻そうと山に尋ねるがその隠逸生活に魅せられて自らも隠者になることを詠い、隠者を尋ねる過程で自然を詠うことから山水詩的なものになります。隋末唐初には、寺観を訪ねて目的の人に遇えなかったというテーマで詠われ、中唐では賈島の「隠者を尋ねて遇わず」に代表される遇えないことをテーマとする詩が作られます。これは隠者に遇えなくて残念と言うのではなく、遇えないという隠逸の趣きを詠うのが趣旨となっています。高啓の詩もこの系列上にあり、水郷地帯の蘇州の郊外を春風に吹かれて歩く隠逸の興趣が詠われています。

時代・人物を深堀りしてみよう

高啓が詩作する上で大切にした考え

冒頭のプロフィールに記したように、高啓は短い生涯の中で2,000首以上もの優れた作品を残した。高啓が詩作する上で大切にしていた考えは、詩には「格」、「意」、「趣」が必要と言うことであった。「格」、「意」、「趣」とは、詩作に優れた先人を範とすることによって生まれる「格調」、深い感銘を生む「共感」、平凡で卑近な世俗を超脱する「興趣」とされている。そしてこの3つの要が活きてこそ、自然万物のあらゆる事象を詠って「宜しき所」が得られ、美しい詩になると言う。

高啓の詩の特徴として、先人の長所を兼ね備えていることや、表現が可能なあらゆるものを題材にしていること、さらにそれらが豊かな表現によって彩られていることなどが挙げられる。この詩も、まさしく高啓が大切にしている3つの要が活かされ、「宜しき所」の秩序が表現されている詩だと言える。

15 レトリックを駆使した魯迅の詩

魯迅《ろじん》［現代］1881年～1936年

浙江省紹興府の人。字は豫才《よさい》。

小説家、翻訳家、革命思想家。本名は周樹人《しゅうじゅじん》。

幼いころは、学問を尊ぶ裕福な家庭だったが、父の死と祖父の逮捕・投獄で家が没落。18歳で南京にあった理系の学校、江南水師学堂に入学。その間、啓蒙思想家であり翻訳家の厳復《げんぷく》が訳した『天演論』（元の本は、T・H・ハクスリー著『進化と倫理』）などを読み、新しい思想にふれた。

1902年、国費留学生として来日。1904年、仙台医学専門学校に入ったものの、小説家を最終的な自分の職業として選択したため2年で退学。東京で翻訳書などの文学出版事業をはじめたが失敗。1908年に帰国し、郷里で教員生活を送りながら自身の小説作品を発表していった。

魯迅の生涯における中心テーマは、儒教倫理からの解放、白話文学（従来の漢文［文語体］で書かれるのではなく、話し言葉に近い口語体で書かれる文学）の樹立であった。晩年は意欲的に評論活動を続けた。著書に『狂人日記』『阿Q正伝』『中国小説史略』などがある。

コツ34

教え子を失った悲しみを詠う詩を鑑賞する

悼柔石／柔石《じゅうせき》を悼《いた》む

詩形 七言律詩

前編

（　）は句の順番。▢は押韻

（1）慣於長夜過春**時**

（2）挈婦將雛鬢有**絲**

（3）夢裏依稀慈母涙

（4）城頭變幻大王**旗**

長夜《ちょうや》に慣《な》れて春時《しゅんじ》を過《す》ごし

婦《つま》を挈《たずさ》え雛《こ》を将《ひき》いて鬢《びん》に糸有《しらがあ》り

夢裏《むり》に依稀《いき》たり慈母《じぼ》の涙《なみだ》

城頭《じょうとう》に変幻《へんげん》す大王《だいおう》の旗《はた》

前編

大意

人目を避ける長い暗闇の生活にも慣れて春を過ごしてきたが、妻や幼い子を携えて逃げ回るうちに、いつしか鬢に白髪が混じるようになった。

夢の中に、子どものために泣いている優しい母の姿がほんのりと浮かんできたというのに、外を見れば、この町の城壁の上には威厳を示すかのように大王の旗が翻っている。

言葉の意味

柔石：北京大学での魯迅の教え子で、革命思想家、小説家。国民党政府によって1931年2月銃殺された。
雛：幼な子。
依稀：ほんのりと。
城頭：城壁の上。
変幻：速やかに変化するさま。
大王：ここでは国民党の蔣介石《しょうかいせき》のこと。

後編

（ ）は句の順番。 ■ は押韻

（5）忍看朋輩成新鬼

（6）怒向刀叢覓小**詩**

（7）吟罷低眉無寫處

（8）月光如水照緇**衣**

看《み》るに忍《しの》びんや朋輩《ほうばい》の新鬼《しんき》と成《な》るを

怒《いか》って刀叢《とうそう》に向《む》かって小詩《しょうし》を覓《もと》む

吟《ぎん》じ罷《おわ》って眉《まゆ》を低《た》れ写《うつ》す処《ところ》無《な》し

月光《げっこう》は水《みず》の如《ごと》く緇衣《しい》を照《て》らす

後編

大意

国を思う仲間たちが、彼ら国民党政府の手で次々に処刑されたことを、果たして冷静に見ることができるだろうか。

この人道に反する行為に対して憤怒の思いで、処刑を執行した者どもたちに向かって短い詩を作ろうとした。

しかし、詩ができても、私はじっとうなだれている。なぜなら、それを書いて発表する場所が無いからだ。

夜空の月は、まるで水のように清らかに輝き、私の黒い衣を照らしている。

言葉の意味

新鬼：最近の死者。
刀叢：剣の林。
緇衣：「緇」は黒いの意で、墨染の衣のこと。当時、魯迅は黒衣を着ていたという。

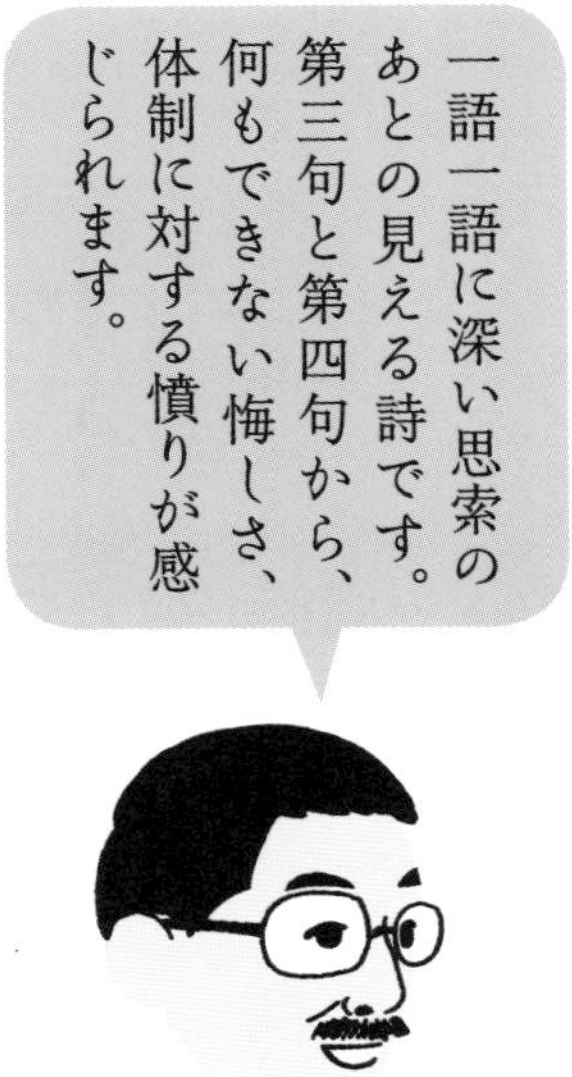
一語一語に深い思索のあとの見える詩です。第三句と第四句から、何もできない悔しさ、体制に対する憤りが感じられます。

観賞のポイント 1

作者が50歳（1931年）のとき、国民党による共産党への弾圧が開始され、2月7日に教え子の柔石ら23人が銃殺されました。この詩は、教え子が銃殺された悲しみを詠んだ詩で、国民党の非人道的な政策に対する憤り、中国の将来を憂える作者の思いが込められています。

観賞のポイント 2

第七句の「吟罷低眉無寫處／吟《ぎん》じ罷《おわ》って眉《まゆ》を低《た》れ写《うつ》す処《ところ》無《な》し」から、なす術もなく、何ともやりきれない作者の悔しさ、悲しさが感じられます。

観賞のポイント 3

第八句の「月光如水照緇衣／月光《げっこう》は水《みず》の如《ごと》く緇衣《しい》を照《て》らす」は、絶望の淵に立たされている作者に、月の光がいつものように変わることなく、淡々と衣を照らしている、と、自分をなぐさめているかのように詠います。が、また月の光によって悲しみが鮮明に照らし出されるような、深い悲しみも伝わってきます。

時代・人物を深堀りしてみよう

蔣介石が起こした共産党員への弾圧

清国が滅亡するきっかけとなった辛亥革命《しんがいかくめい》（1911年～1912年）の後、1925年、新たな中国の指導者となった孫文が、「いまだ革命ならず」の遺書を残して死去した（享年59歳）。その後継者となったのが蔣介石だった。中国国内では革命後の中国を統一すべく中国国民党と中国共産党が争っていた。孫文の提唱によって両者は組織的に協力関係を築いた（1924年の第1次国共合作）が、1927年、蔣介石が北伐（北京軍閥政府打倒の軍事行動）の途中の上海でクーデタを起こし、多数の共産党員などを虐殺したことから、国共合作が決裂した。その後、蔣介石によって1930年12月、中華民国の国民党政府による中国統一が完成した。蔣介石は国民党政府最高指導者として権力をふるうようになり、一方で、中国共産党の勢力が拡大していくことを恐れ、同年同月より、包囲掃討作戦で共産党勢力への全面的な攻勢を開始した。そうした状況の中で、翌31年2月7日、魯迅の教え子柔石らが銃殺されたのである。

コツ35 革命の同志に現状を伝える詩を鑑賞する

自嘲／自嘲《じちょう》

詩形 七言律詩

前編

（ ）は句の順番。■は押韻

（1）運交華蓋欲何**求**

（2）未敢翻身已碰**頭**

（3）破帽遮顔過鬧市

（4）漏船載酒泛中**流**

運《うん》は華蓋《かがい》に交《あ》い何《なに》をか求《もと》めんと欲《ほっ》する

未《いま》だ敢《あえ》て翻身《ほんしん》せざるに已《すで》に碰頭《ほうとう》す

破帽《はぼう》もて顔《かお》を遮《おお》い鬧市《どうし》に過《よぎ》り

漏船《ろうせん》に酒《さけ》を載《の》せ中流《ちゅうりゅう》に泛《うか》ぶ

前編

大意

私は凡人が華《はな》の蓋《かさ》を被ると不幸になると言う華蓋運に遭ったが、その運から逃れようと何かを求めようとは思わない。

凡人から立派な人に変身しようともしないので、華の蓋で目がふさがれたままで、すでに頭をぶつけているのだ。

相変わらず破れた帽子で顔を隠して雑踏の街を通り過ぎ、ぼろ船に酒を載せて川の流れに漂っている。

言葉の意味

運交：運に逢う。

華蓋：花の笠。通常、凶運を表わす。

欲何求：何を求めようか、何も求めない。

未敢：まだなしえないのに。

翻身：変身。

已：すでに。

碰頭：頭をぶつける。華の蓋を被っているので外が見えず、頭をぶつける。

鬧市：賑やかな街。

後編

（　）は句の順番。　は押韻

（5）横眉冷對千夫指

（6）俯首甘爲孺子**牛**

（7）躲進小樓成一統

（8）管他冬夏與春**秋**

眉《まゆ》を横《よこ》たえて冷《ひや》やかに対《たい》す千夫《せんぷ》の指《ゆび》
首《こうべ》を俯《た》れて甘《あま》んじて為《な》る孺子《じゅし》の牛《うし》
小楼《しょうろう》に躲《のが》れ進《すす》みて一統《いっとう》を成《な》し
他《か》の冬夏《とうか》と春秋《しゅんじゅう》とに管《かかわ》らんや

前編

大意

多くの人から指弾されれば目を怒らして冷ややかに対応し、我が子のためなら甘んじて首を垂れて四つん這いの牛にもなる。

小さな住まいに身を潜めて我が家を平和に治め、春夏秋冬の季節の変化（世間の事）など気にも留めないのだ。

言葉の意味

横眉：目を怒らしてにらむ。

千夫指：敵の千万の男たちの指弾。

孺子牛：子どものために四つん這いの牛なること。

小楼：妻子とともにいる家のこと。

躲：避けて隠れる。

成一統：よく治められた世界を作ること。

管：かまう。かかわる。

冬夏與春秋：外の出来事。

第五句で、どんな仕打ちにも決して屈しないという決意を詠んでいますが、実際は何もできずに、時が過ぎ去っていくむなしさを「自嘲」しています。

観賞のポイント 1

国民党による共産党弾圧作戦が行われているさなか、魯迅は家族と上海の花園荘（アパート）に身を隠しながら暮らしていました。この詩はそのころに詠われたものです。

観賞のポイント 2

第五句の「眉《まゆ》を横《よこ》たえて冷《ひ》やかに対《たい》す千夫《せんぷ》の指《ゆび》」の「千夫」とは、敵（当時の国民党）のことだとされています。

観賞のポイント 3

第六句の「孺子の牛」は、『春秋左《しゅんじゅうさ》氏伝《しでん》』の中に出てくる斉《せい》の景公が子のために牛となり、歯を折ったという故事を踏まえています。

時代・人物を深堀りしてみよう

上海で新たな生活をはじめる

魯迅は1926年8月に北京を離れ、その後福建省にある厦門（アモイ）大学の中国文学の教授の任に就いた。その後間もなくして共産党の郭沫若《かくまつじゃく》に招かれて1927年3月に広州に移り、中山大学の文学部主任となった。

前コラムで述べたように、1927年に蔣介石による上海クーデタで国共が分裂した。この頃、共産党は「中華ソビエト共和国」という支配地域を各地に築いていた。国民党はそうした共産党の根拠地を奪うために各地で激しく戦い、やがて内戦状態となっていく。

魯迅は体制への批判を込めて中山大学の職を辞した。この頃の魯迅は、国民党独裁体制を厳しく批判し続けた反体制文学者であった。

1927年、同棲していた許広平（北京女子師範学校の講師をやっていたときの17歳年下の教え子、正妻を北京の母の元に残していたが、許が事実上の妻）とともに国民党による共産党員や体制批判者への弾圧が強まる前に、密かに汽船で広州を脱出し、同年10月上海租界にある花園荘というアパートに移り住んだ。1929年9月には許との間に長男が誕生した。

上海では実質的な家族として3人で、1936年に亡くなるまで暮らしていた。

索引

本書所収の詩題を、本書の訓読にもとづいて五十音順に配列し、作者と掲載ページを示します。

*は第1部に掲載。

中国文学地図

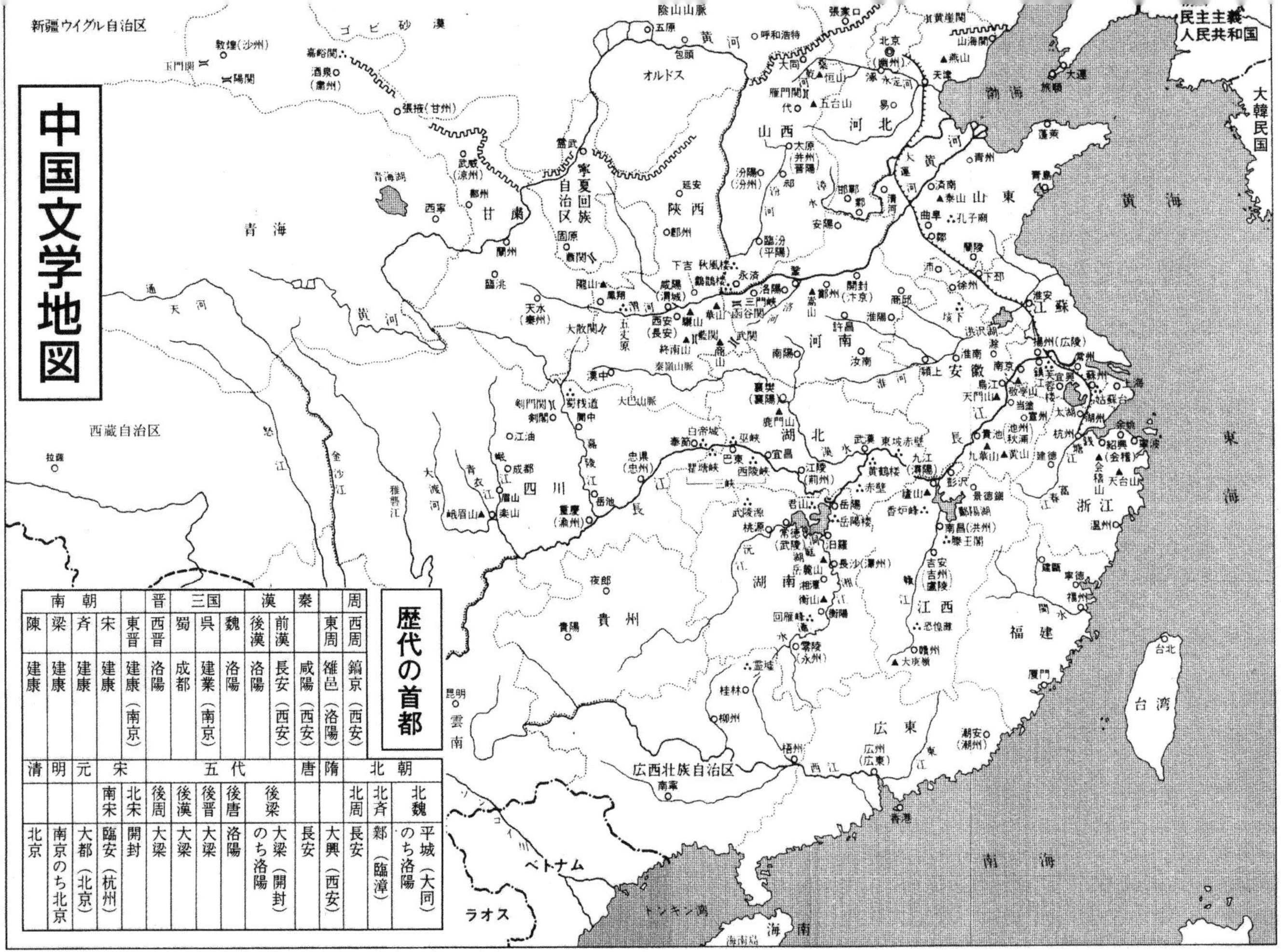

歴代の首都

周		秦	漢		三国			晋		南朝			
西周	東周		前漢	後漢	魏	呉	蜀	西晋	東晋	宋	斉	梁	陳
鎬京（西安）	雒邑（洛陽）	咸陽（西安）	長安（西安）	洛陽	洛陽	建業（南京）	成都	洛陽	建康（南京）	建康	建康	建康	建康

北朝			隋	唐	五代					宋		元	明	清
北魏	北斉	北周			後梁	後唐	後晋	後漢	後周	北宋	南宋			
平城（大同）のち洛陽	鄴（臨漳）	長安	大興（西安）	長安	大梁（開封）のち洛陽	洛陽	大梁	大梁	大梁	開封	臨安（杭州）	大都（北京）	南京のち北京	北京

監修者プロフィール
鷲野　正明（わしの　まさあき）

新潟県新発田市出身。

長岡高専（工業化学科）・大東文化大学（文学部中国文学科）卒業。

筑波大学大学院（中国文学専攻）中退。現在、国士舘大学文学部教授。

明清時代の文学を研究。漢詩創作の指導も行う。

著書に『はじめての漢詩創作』（白帝社）、『漢詩と名蹟』（二玄社）、その他共著多数。漢詩集『花風水月』。

千葉県漢詩連盟ホームページに作詩講座「中級のための漢詩創作」を連載中。

NHK　Eテレ「吟詠」の作品解説を担当。

参考文献：
『はじめての漢詩創作』鷲野正明著、白帝社
『科挙　中国の試験地獄』宮崎市定著、中央公論新社
『中国思想』宇野哲人著、講談社
『中国の都城⑦　南京物語』石川忠久著、集英社
『漢詩鑑賞事典』石川忠久編、講談社　他

中国文学地図の出典
『新編　中国詩文選』鷲野正明・内山知也共著、白帝社

【STAFF】
■編集・制作：有限会社イー・プランニング　須賀柾晶
■デザイン・DTP：小山弘子
■イラスト：田渕愛子

詩人別でわかる 漢詩の読み方・楽しみ方
時代や作風で深める読解のコツ 35

2021年　9月30日　　第1版・第1刷発行

監修者　鷲野正明（わしの　まさあき）
発行者　株式会社メイツユニバーサルコンテンツ
　　　　代表者　三渡　治
　　　　〒102-0093東京都千代田区平河町一丁目1-8
印　刷　三松堂株式会社

ご意見・ご感想はホームページから承っております。
ウェブサイト　https://www.mates-publishing.co.jp/

編集長：折居かおる　企画担当：折居かおる